Bianca

LA AMANTE SEDUCIDA
POR EL PRÍNCIPE

MAISEY YATES

Editado por Harlequin Ibérica.
Una división de HarperCollins Ibérica, S.A.
Núñez de Balboa, 56
28001 Madrid

I.S.B.N.: 978-84-687-9536-2
Depósito legal: M-5837-2017
Impresión en CPI (Barcelona)
Fecha impresion para Argentina: 30.10.17
Distribuidor exclusivo para España: LOGISTA
Distribuidores para México: CODIPLYRSA y Despacho Flores
Distribuidores para Argentina: Interior, DGP, S.A. Alvarado 2118.
Cap. Fed./Buenos Aires y Gran Buenos Aires, VACCARO HNOS.

Capítulo 1

HABÍA sido una noche tan hermosa, tan perfecta... Las luces navideñas que adornaban las fachadas de los edificios de Vail, Colorado, brillaban sobre la nieve como estrellas que hubieran caído del cielo para iluminar el camino.

Sí, la noche había sido perfecta y Raphael aún más. Pero siempre lo era.

Bailey no se podía creer que fuese real. Incluso después de ocho meses, no podía creérselo porque era como un cuento de hadas y ella jamás había creído en los finales felices.

Y entonces había conocido a Raphael.

Solo lo veía cada dos meses, cuando iba a Colorado por asuntos de negocios, y nunca se quedaba más que un fin de semana.

Había sido comedida durante toda su vida y muy cauta cuando se trataba de los hombres, pero con Raphael... había perdido la cautela. Se había entregado a él sin pensar en protegerse, sin pensar en nada más que en cuánto lo deseaba.

Era una mujer diferente con él, una mujer enamorada.

Todo era frenético cuando estaba allí y esa noche no era una excepción. Después de cenar habían paseado por la ciudad antes de volver al hotel, donde Raphael la había consumido con su pasión.

Pero esa noche parecía diferente, más intenso. Aunque no pensaba quejarse.

Bailey se estiró sobre las sábanas, flexionando los dedos de los pies. Aún estaba recuperándose, pensó mientras se tumbaba de lado, mirando hacia el cuarto de baño. La puerta estaba cerrada, pero una franja de luz era visible por debajo.

Bailey suspiró pesadamente, esperando que volviese a la cama.

Esperando con impaciencia porque esa noche era diferente y especial.

Lo amaba tanto que le dolía. Nunca se imaginó que pudiera sentir algo así por otra persona y tampoco que alguien pudiera sentir eso por ella.

Y quería más. Lo quería todo.

La puerta del baño se abrió y le dio un vuelco el corazón. Era ridículo lo atolondrada que se sentía cuando estaba con él... claro que nunca había tenido esa intimidad con otro hombre.

En su trabajo como camarera recibía ofertas masculinas todo el tiempo, pero no le afectaban. Se había desencantado de los hombres cuando se fue de su casa a los dieciséis años. Había visto demasiados gritos, demasiadas penas.

Por eso había querido hacer su propia vida, forjarse su propio futuro. Había llegado a los veintiún años siendo virgen porque estaba decidida a esperar al hombre adecuado, hasta que estuviese preparada.

Y entonces había conocido a Raphael.

Sus amigos no se creían que existiera. Había dejado de hablar sobre él porque cada vez que lo mencionaba recibía como respuesta ojos en blanco y bromas del tipo: «¿Raphael? Bailey, ¿estás saliendo con una tortuga ninja?».

No se los había presentado porque Raphael siempre estaba muy ocupado cuando iba a Colorado. Además, lo quería para ella sola. Sí, estaba aturdida y trastornada por su culpa. Y tenía la sensación de que siempre sería así.

–Bailey, ¿no deberías vestirte?

Ella frunció el ceño. No había esperado que dijera eso porque solían pasar la noche juntos cada vez que iba a Vail.

–Había pensado que... bueno –Bailey se pasó una mano por las desnudas curvas–. Aún no estoy satisfecha del todo.

–Me voy mañana a primera hora. Pensaba que te lo había dicho.

Estaba muy serio y esa seriedad atenazaba su garganta y llenaba su corazón de temor, aunque no sabría decir por qué.

–No, no me lo habías dicho –Bailey intentó sonreír porque no tenía sentido enfadarse si apenas tenían unos minutos para estar juntos–. ¿Tienes que volver a Europa?

–Sí –respondió él mientras se ponía el pantalón, ocultando su fabuloso cuerpo. El espectáculo de striptease al revés la excitaba, aunque tuviese un final más deprimente que la alternativa.

Observaba la curvatura de sus músculos con cada movimiento, los largos dedos masculinos mientras se abrochaba la camisa, recordándole lo eficientes que habían sido con ella.

–Bailey... –empezó a decir él, con tono vagamente irritado.

No recordaba haberlo visto irritado hasta ese momento.

–Estoy cómoda –dijo ella, suspirando mientras saltaba de la cama–. Bueno, ahora no. Espero que estés contento –añadió, acercándose mientras contoneaba las caderas–. Espero que el vestido haya sobrevivido –murmuró, recogiéndolo del suelo.

–Si no es así, te compraré otro.

–Me preocupa más qué voy a ponerme para ir a casa –respondió ella–. ¿Cuándo volverás?

–No voy a volver.

Bailey sintió como si todo el oxígeno escapase de sus pulmones. Se quedó inmóvil, parpadeando, totalmente sorprendida.

–¿Cómo que no piensas volver?

–Ya no tengo más asuntos pendientes en Colorado.

–Sí, pero... yo estoy aquí.

Él se rio entonces, un sonido seco, extraño. No se parecía nada al Raphael que ella conocía.

–Lo siento, *cara*, pero eso no es incentivo suficiente.

Bailey estaba atónita.

–No lo entiendo. Hemos tenido una cita preciosa y el mejor... yo no... no entiendo nada.

–Es un adiós. Has sido una diversión particularmente agradable, pero no puedes ser nada más. Tengo que volver a mi vida en Europa y es hora de sentar la cabeza.

–¿Sentar la cabeza? ¿Estás casado?

–A punto de casarme –respondió él, sin mirarla–. No puedo permitirme más distracciones.

–Estás comprometido y solo vienes a Vail cada dos meses para visitarme –murmuró ella, incrédula–. Qué tonta he sido –Bailey se cubrió la boca con la mano para contener un grito. Estaba demasiado furiosa como para sentirse humillada–. Yo era virgen y tú lo sabías –le espetó–. Te dije que era un gran paso para mí –añadió, dos lágrimas de rabia rodaban por sus mejillas.

–Y te agradezco el regalo, *tesorina* –respondió él con sequedad–. Hemos estado ocho meses juntos. No ha sido una aventura pasajera.

–¡Es una aventura si uno de los dos no se lo toma en serio! –gritó Bailey, temblando de arriba abajo–. Si uno de los dos sabía que terminaría porque se acostaba con otra persona –encolerizada, se inclinó para tomar un zapato del suelo y se lo tiró a la cabeza, pero él lo esquivó mascullando una palabrota en italiano.

Bailey tomó el otro zapato y se lo tiró, golpeándolo en el pecho. Raphael dio un paso adelante y la agarró por las muñecas.

–¡Ya está bien! –le espetó, soltándola de inmediato–. No te pongas en ridículo más de lo que ya lo has hecho.

–Eres tú quien debería sentirse ridículo –replicó ella, con voz temblorosa, mientras se ponía el vestido y recogía los zapatos del suelo–. Eres tú quien me ha mentido –añadió, conteniendo un sollozo mientras tomaba el abrigo.

–Nunca te he mentido. Tú has inventado la historia que querías creer.

Bailey dejó escapar un grito mientras pasaba a su lado en dirección a la puerta, sintiéndose como una prostituta saliendo de la habitación del hotel en medio de la noche, con los zapatos de tacón y el precioso vestido que tendría que quemar.

Cuando salió a la calle y el frío la envolvió se derrumbó del todo. Se dejó caer de rodillas sobre la nieve, llorando hasta que no le quedaron lágrimas.

Se sentía como si su vida hubiese terminado y en

aquel momento no tenía fuerzas para levantarse y seguir adelante.

Tres meses después

«Lo siento, Bailey, pero no puedo dejar que una camarera se duerma en medio de su turno. Y especialmente si ha engordado».

Bailey recordaba la frase de su jefe una y otra vez mientras volvía a su apartamento. No había estado equivocada. Esa noche, tres meses antes, cuando Raphael rompió con ella su vida había terminado.

Iba tan retrasada en sus clases que seguramente no podría graduarse, ya no tenía trabajo y estaba tan enferma y cansada que todo le daba igual.

Tendría que decirle a Samantha que no podía pagar el alquiler. Bueno, aquel era el resumen de los últimos meses de humillación. Se había convertido en aquello que había odiado durante toda su vida.

Cuando se fue de casa le había dado un discurso a su madre sobre su deseo de tener una vida mejor, sin depender de los hombres. Se había ido, dejando atrás una vida de miseria, sin nadie que la quisiera de verdad. Resentida, había jurado forjarse un futuro mejor.

No le interesaban los hombres porque sabía lo que eran capaces de hacer y decir para acostarse con una mujer desde que era demasiado joven para saber tales cosas. Porque había escuchado a su madre hablar sin pausa del asunto cada vez que la dejaba alguno de sus novios.

Como resultado, se había creído inmunizada contra los hombres, pero la verdad era que no había conocido a ninguno que le hiciese perder la cabeza hasta que apareció Raphael. Y allí estaba, soltera, sin trabajo y embarazada. A los veintidós años.

Ese era el ciclo que había jurado orgullosamente no perpetuar, pero allí estaba. Se había convertido en una estadística; una triste estadística vagabundeando por la ciudad, sin ningún sitio a donde ir.

Se detuvo para mirar el escaparate de una pastelería. Necesitaba algo dulce, ya que no podía beber alcohol. Maldito embarazo.

Entró en la tienda y estaba tomando una chocolatina cuando se detuvo abruptamente al ver la portada de una revista de cotilleos.

El hombre de la portada era... demasiado familiar.

El príncipe Raphael de Santis abandonado por la heredera italiana Allegra Valenti dos semanas antes de la boda.

–Pero ¿qué es esto?

La gente de alrededor se sobresaltó al oírla gritar, pero Bailey no se dio cuenta. Nerviosa, tomó una revista y empezó a leer el artículo con el corazón en un puño.

Raphael. *El príncipe* Raphael.

Al parecer, el escándalo estaba sacudiendo los cimientos del principado de Santa Firenze, un diminuto país europeo del que nunca había oído hablar.

Era él, no había ninguna duda. Su rostro era tan atractivo como siempre y ese cuerpo increíble... ese cuerpo que mostraban unas fotografías robadas en la playa. Esos hombros anchos, esos abdominales marcados, esa piel morena...

Bailey conocía ese cuerpo mejor que el suyo propio.

–Dios mío... –murmuró, sacando un billete del bolso para dejarlo sobre el mostrador–. Quédese el cambio.

Salió de la pastelería con la revista en la mano, temblando de arriba abajo. ¿Qué broma era aquella?

Cuando llegó a su apartamento estaba a punto de vomitar, como le había ocurrido a menudo durante los últimos dos meses. Intentar retener la comida en el estómago era una tarea sobrehumana y, sin embargo, había engordado, como su exjefe había señalado tan delicadamente mientras estaba despidiéndola.

Todo era tan horrible que lo único que quería era tumbarse en la cama y dormir durante el resto del día, pero cuando entró en el cuarto de estar vio a Samantha mirándola con los ojos de par en par.

–¿Qué ocurre? –preguntó Bailey.

–Tienes una visita –respondió su compañera de piso.

–¿Quién?

Con su mala suerte, sería un empleado de Hacienda para decirle que tenía una deuda. O la policía para detenerla por multas atrasadas, algo horrible porque ese era el tema del día. El tema de los últimos meses, en realidad.

–Él está aquí –respondió Samantha, mirándola con una expresión muy extraña.

Solo un «él» podía hacer que una mujer pusiera esa cara, pero no podía ser. En ese momento oyó un ruido a su izquierda y cuando levantó la mirada se encontró con los ojos oscuros del príncipe Raphael de Santis, que salía del dormitorio.

Estaba allí, en su desvencijado apartamento, tan fuera de lugar como un león entre gatos.

Bailey se envolvió en el abrigo, intentando ocultar su ligeramente abultado abdomen.

–¿Qué haces aquí? –le espetó, sin soltar la revista con la fotografía de Raphael en la portada.

–He venido a decirte que quiero que volvamos a vernos –respondió él.

–¡Por favor! –fue su compañera de piso quien profirió tal exclamación porque la había visto llorar desconsoladamente durante semanas.

–Lo mismo digo –afirmó Bailey, cruzando los brazos sobre el pecho.

–¿Podríamos hablar a solas un momento? –Raphael miró a Samantha y luego, sin esperar respuesta, tomó a Bailey del brazo para llevarla al dormitorio.

Por un momento, se sintió perdida en él, en su fuerza, en su presencia, que parecía ocupar toda la habitación. Quería apoyar la cabeza en su sólido torso y olvidar todo el dolor, el miedo y el estrés que había soportado en los últimos meses.

Pero eso era imposible porque Raphael era un mentiroso.

–Mi compromiso se ha roto –empezó a decir él, como si no llevase en la mano la revista–. Y ya que es así, no veo ninguna razón por la que no podamos retomar nuestra aventura.

–Nuestra aventura –repitió ella–. Quieres venir a visitarme una vez cada dos meses para acostarte conmigo.

–Bailey... hay muchas expectativas puestas en mí y...

–¿Estas expectativas? –lo interrumpió ella, poniendo la revista frente a su cara–. ¿Eres un príncipe? ¿En qué extraño cuento de hadas he caído, Raphael? Dijiste que eras representante de una empresa farmacéutica.

–*Tú* dijiste que era representante de una farmacéutica, no yo.

–Yo...

Bailey lo recordaba todo sobre la noche que lo conoció. Cómo el mundo parecía haberse detenido cuando sus ojos se encontraron, lo fuera de lugar que parecía en el restaurante en el que trabajaba, Sweater Bunnies, donde las camareras llevaban jerséis escotados, pantalones cortos y zapatos de tacón.

Su avión se había retrasado por culpa del mal tiempo. Raphael estaba en la ciudad por un asunto de trabajo y habían charlado durante largo rato. Y después hizo algo que nunca antes había hecho: se había ido al hotel con él.

No hicieron el amor esa noche, pero la había besado y ella... bueno, ella había aprendido el significado de la palabra «deseo». Todo su cuerpo se había encendido con el roce de sus manos, de sus labios. Habían charlado un rato y luego, sin poder evitarlo, habían caído sobre la cama.

–Soy virgen –le había dicho.

–No necesito que lo seas –respondió él con voz ronca, enredando los dedos en su pelo–. No tenemos que jugar a ese juego.

–Lo soy, de verdad. Y nunca antes había hecho esto.

Raphael se había sentado sobre la cama.

–¿Nunca?

–Nunca, pero me gustas mucho. Y tal vez si mañana sigue nevando...

–¿Quieres esperar, pero podrías estar preparada mañana?

–No lo sé.

–Esperaremos –había dicho él, besándola en la mejilla.

No la había echado de la habitación; al contrario,

le había servido un refresco y estuvieron charlando hasta la madrugada.

No lo había hecho esperar mucho después de eso. Al día siguiente lo había convertido en el primer hombre de su vida y ya estaba fantaseando con que fuese el único.

Entonces... bueno, entonces él se había convertido en una rana. Salvo que era un príncipe de verdad, lo cual era una locura.

–Yo no inventé que eras representante de una empresa farmacéutica –replicó Bailey, volviendo al presente.

–Tú me preguntaste: «No serás un representante farmacéutico o algo así, ¿verdad?». Y yo no te corregí, pero tampoco dije que lo fuera. Muchas de las cosas que creías saber sobre mí eran invenciones tuyas, Bailey.

–¿Estás diciendo que yo lo inventé todo? Ah, claro, crees que así volveré contigo. No como novia ni nada parecido, solo como tu chica de Colorado. Dime una cosa, Raphael, ¿dónde viven el resto de tus aventuras?

–Nunca te he visto de ese modo –respondió él con tono fiero–. Nunca.

–Me trataste como tal y sigues tratándome así. Vete de aquí –le espetó Bailey–. Alteza –añadió luego con tono burlón.

–No tengo por costumbre obedecer órdenes. Antes no me importaba seguirte el juego, pero ahora sabes que soy un príncipe, *cara mia*. Y, cuando quiero algo, lo consigo.

–Pues a mí no vas a conseguirme –replicó ella.

Raphael dio un paso adelante para tomarla por los brazos.

–No hablas en serio.

–Claro que sí –Bailey puso una mano sobre su torso con intención de empujarlo, pero al tocarlo... sintió algo. Como si todo lo que había sido brillante y perfecto se hubiera perdido mientras su vida estaba patas arriba.

Resultaba tan fácil olvidar que había sido él quien la puso patas arriba...

Raphael la tomó por la cintura y la apretó contra su torso... pero entonces frunció el ceño.

Y Bailey volvió a poner los pies en la tierra.

–No me toques –le espetó, apartándose y cerrando el abrigo con manos frenéticas.

No quería que viera que estaba embarazada porque se había resignado a su destino como madre soltera. Raphael iba a casarse con otra mujer y no había recibido respuesta al mensaje de texto que le envió diciéndole que tenían que hablar.

Pero allí estaba. Y era un príncipe, maldito fuera.

Su padre nunca se había ocupado de ella y su infancia había estado plagada de problemas económicos. Raphael podría cuidar de su hijo, podría ayudarla para que no tuviera que pasar por lo que había pasado ella de niña.

Bailey se desabrochó el primer botón del abrigo, con el corazón acelerado.

–No voy a ser tu amante, Raphael –dijo con voz temblorosa mientras seguía desabrochándose los botones, revelando la hinchazón de su abdomen bajo el estrecho jersey–. Pero quieras tú o no, eres el padre de mi hijo.

Capítulo 2

ERA muy raro que el príncipe Raphael de Santis se quedase sin habla. Claro que para él era muy raro ser rechazado.

Y, sin embargo, eso le había pasado dos veces en la última semana.

Si fuese un hombre inseguro podría sentirse herido, pero era el príncipe de Santa Firenze, un hombre que había nacido con el mundo en sus manos y todas las ventajas. Un hombre que desde su nacimiento había sido adorado sencillamente por existir y se había pasado toda la vida intentando mantener la admiración de su pueblo.

Y, a pesar de todo eso, Bailey, una simple camarera, lo rechazaba. Y a pesar de haber revelado que esperaba un hijo suyo.

–¿Estás segura de que es hijo mío? –le preguntó. Sabía que esa pregunta le granjearía su odio, pero sentía como si todo pendiese de un hilo. Aquella mujer que lo miraba como si quisiera matarlo llevaba en su seno al heredero del trono de su país.

Bailey dio un paso atrás.

–¿Cómo te atreves a preguntar eso?

–Sería una negligencia por mi parte no hacerlo.

Raphael no quería que lo afectase el brillo de dolor de los ojos azules. Aquello lo cambiaba todo. Bailey había sido una diversión inesperada, pero se había dejado atrapar por ella para disfrutar de la ficción que había creado: no era un príncipe, sino un empresario que iba a Vail una vez cada dos meses para acudir a reuniones y para estar con ella. No parecía saber quién era, pero no le resultó extraño porque hacía lo imposible para no aparecer en las revistas de cotilleos. Algo en lo que había fracasado recientemente gracias a su exprometida, Allegra.

Pero todo había terminado tres meses antes porque no podía seguir con Bailey hasta el día de su matrimonio. Nunca había tocado a Allegra y no la amaba, pero había decidido ser un buen marido. O, al menos, dependiendo del acuerdo al que llegasen, uno discreto. Pero, cuando el compromiso se rompió, de inmediato pensó en volver con su amante.

La cancelación de su boda se había convertido en carnaza para las revistas de cotilleos, algo que no había ocurrido antes con la familia real de Santa Firenze. Su padre había despreciado siempre ese tipo de publicaciones porque un gobernante no podía ser noticia en las revistas del corazón cuando su obligación era formar parte de la historia.

Le había inculcado responsabilidad y sentido del deber. No había habido mimos en su infancia y Raphael sabía que era por su bien y el bien del país. De hecho, su matrimonio con Allegra reafirmaba ese arraigado sentido del deber. Había estado dispuesto a olvidar los deseos de su carne por el bien de su país.

Por mucho que la desease, Bailey no ofrecía ventaja alguna a Santa Firenze. Su matrimonio con Allegra, en cambio, hubiera creado una alianza con una de las familias italianas más antiguas, con gran influencia en el mundo de los negocios y la política.

Bailey le calentaba la sangre, pero era algo que no podía permitirse. No solo era una plebeya, sino también una distracción; la clase de distracción contra la que su padre siempre le había advertido.

Pero Bailey estaba esperando un hijo suyo, su heredero, y eso era algo que no podía ignorar.

No había previsto aquella complicación.

–Pues claro que es hijo tuyo. Era virgen antes de conocerte y tú lo sabes.

–Hace casi un año de eso, Bailey. Podrían haber ocurrido muchas cosas en ese tiempo y han pasado tres meses desde que me marché. Tal vez buscaste diversión con otro hombre.

–Sí, claro, ha sido una orgía ininterrumpida desde que me dejaste. Pensé, ¿por qué no voy a pasarlo bien? Después de todo, tu cetro real abrió el camino. Supongo que querías darles una oportunidad a los plebeyos.

–Ya está bien. No tienes por qué ser tan grosera, no va contigo.

–Va conmigo perfectamente, como tú sabes bien. Soy una camarera a la que conociste en un sórdido restaurante, más famoso por los pechos de las camareras que por las pechugas de pollo. Además, tú mismo lo has dado a entender.

Estaba vibrando de rabia, tan furiosa como la noche que rompió con ella, cuando le gritó y hasta le tiró los zapatos. Había sido la reacción que Raphael esperaba. Quería romper del todo para que no intentase volver a ponerse en contacto con él cuando estaba a punto de casarse. Quería que la separación fuese dolorosa para que Bailey se olvidase de él.

Mejor destruir su recuerdo que dejarla anhelándolo. Por supuesto, tras la ruptura con Allegra había cambiado de opinión y se reservaba ese derecho. Después de todo, era un príncipe.

—Estás esperando un hijo mío —dijo, mirando su abdomen. El embarazo aún no se notaba demasiado, solo un ligero bulto bajo el jersey. Y sus curvas eran un poco más abundantes. Se consideraba un experto en las curvas de Bailey, de modo que sabía que su valoración era correcta—. ¿De cuánto tiempo estás?

—De cerca de cuatro meses —respondió ella—. Pero no lo supe hasta mucho después de que te fueras.

—¿Intentaste ponerte en contacto conmigo?

Esa pregunta también pareció enfadarla.

—Eso hubiera sido un poco difícil, ya que no conocía tu identidad, pero te envié un mensaje de texto.

Un mensaje al teléfono del que Raphael se había deshecho en cuanto rompió con ella. Se había encargado de mantener sus dos vidas separadas, particularmente cuando descubrió que de verdad Bailey no sabía quién era. Había algo tan seductor en ir a Vail y estar con una mujer que no tenía expectativas sobre él, en poder ser él mismo por una vez...

Cuando rompió con ella se había librado del teléfono para apartarse de la tentación. No quería mensajes o fotografías sugerentes.

—Ya no tengo ese teléfono.

—Vaya, cuando rompes con una novia lo haces de forma radical.

Raphael frunció el ceño.

—Nunca fuiste mi novia. Tú y yo nunca tuvimos ese tipo de relación.

Mientras lo decía se daba cuenta de que estaba siendo increíblemente injusto con ella.

Él no había buscado a Bailey. Había ido a Vail para

visitar el hotel de unos amigos y decidir si quería invertir en la propiedad, pero una tormenta de nieve había hecho que su viaje de regreso se demorase.

Ni siquiera un hombre como él podía controlar una tormenta y tenía que cenar, de modo que entró en un restaurante cercano al aeropuerto. Estuvo a punto de salir corriendo al ver la clase de establecimiento que era, pero entonces había visto a Bailey y, por alguna razón, a pesar de la vulgaridad del local y de los horrendos uniformes, ella parecía brillar con luz propia.

Solo había podido pensar en una cosa, en una palabra: «Mía».

Nunca en toda su vida había querido algo que no pudiera poseer y la pequeña camarera no iba a ser una excepción.

Bailey no sabía quién era en realidad. Lo había creído, no sabía por qué razón, representante de una empresa farmacéutica y él no la había sacado de su error. Él no tenía contactos en Vail, aparte de sus amigos. La prensa nunca había tenido razones para interesarse por su estancia allí o incluso pensar que pudiese estar en Colorado porque la oficina de prensa de Santa Firenze no informaba de sus viajes privados.

–Lo que quiero decir es que tengo amantes, mujeres con las que mantengo aventuras, no novias. Ese es uno de los problemas de ser un príncipe, que no puedes salir en público con una mujer sin despertar expectativas, pero tampoco iba a vivir como un monje.

–Tenías una prometida –le recordó ella, con los dientes apretados.

–En un matrimonio de conveniencia. Formar una alianza con una de las familias más respetadas de

Italia era la elección más razonable para un hombre de mi posición, pero no era mi amante.

Bailey hizo una mueca.

–He pensado que deberíamos llegar a un acuerdo para la manutención de nuestro hijo. Si necesitas una prueba de ADN, de acuerdo. Te odiaré, pero da igual porque ya te odio. Un análisis de sangre, lo que necesites. Aunque preferiría no tener que hacerlo. Ya he sangrado por ti y no me apetece volver a hacerlo.

–¿De qué estás hablando?

–No quiero que mi hijo viva en la pobreza.

–¿Quieres dinero?

Le parecía asombroso. Aquella mujer que no había sabido quién era hasta ese momento y que era virgen cuando la conoció estaba pidiéndole una pensión para su hijo y no amenazando con acudir a la prensa. No exigía un piso en varias ciudades del mundo o alguna joya de la corona.

Evidentemente, no entendía la situación en la que se encontraba.

–Me parece lo más razonable. Mi madre era soltera y mi padre no nos ayudó nunca. No voy a darle a mi hijo o hija esa vida si puedo evitarlo. Tengo una responsabilidad y tú también.

–Es innegable que tengo una responsabilidad hacia nuestro hijo, pero no creo que entiendas la gravedad de este asunto –dijo él entonces.

–Estoy afrontando un embarazo inesperado y lo hago lo mejor que puedo. No voy a dejar que tú vivas rodeado de lujos mientras tu hijo o hija no tiene nada.

–No quiero que a mi hijo le falta nada, pero, si crees que voy a dejarlo aquí, en Colorado, para que lo críes tú sola es que no entiendes quién soy –le espetó

Raphael, furioso por primera vez–. No voy a limitarme a enviar cheques y no hay más que hablar.

–¿Cómo que no vas a permitir que críe a mi hijo en Colorado? ¿Con qué autoridad? ¡Esto es Estados Unidos y, que yo sepa, tú no eres ciudadano de este país!

–La inmunidad diplomática y el deseo de preservar las buenas relaciones con mi país sin duda jugaría a mi favor –replicó él–. ¿Quién le daría la custodia de un niño a una camarera de Sweater Bunnies cuando su padre es un príncipe?

–¿Vas a quitarme a mi hijo? –Bailey miró a su alrededor, seguramente buscando un arma.

–No deberíamos tener que llegar a eso.

–Explícame lo que quieres decir porque no lo entiendo.

–No habrá discusión sobre si mi hijo crecerá aquí porque los dos estaréis en Santa Firenze.

–Pensaba que yo no era digna de tu país.

Raphael tuvo que apartar la mirada. El deseo lo tenía constreñido. Tomarla, hacerla suya, parecía la decisión más obvia.

Y eso lo hizo pensar. Un gobernante debía ser frío. Debía actuar siempre teniendo en cuenta el honor, el sentido común y las necesidades del país, no algo tan voluble como el deseo.

Se preguntó entonces qué habría hecho su padre en esas circunstancias... y enseguida tuvo que reconocer que su padre jamás hubiera estado en esa situación. No había otra salida, tenía que llevar a su país a una mujer como Bailey, cuando sabía que era inapropiada para ocupar el puesto de princesa. Pero el honor y el deber eran más importantes que sus sentimientos y tenía un deber hacia su hijo.

–Eso era antes de saber que iba a tener un heredero –respondió por fin, dando un paso hacia ella, la palabra «mía» se repetía en su cerebro una y otra vez–. Vendrás conmigo a mi país, pero no como mi amante, Bailey Harper, sino como mi esposa.

Capítulo 3

TIENES un jet privado.

–Por supuesto –asintió Raphael, mientras ascendía por la escalerilla del lujoso avión.

–¿Viniste en tu jet privado la noche que nos conocimos?

Él esbozó una sonrisa.

–No vine en clase turista, desde luego.

–Es que... –Bailey no terminó la frase. No había mucho que decir. Raphael no era el hombre que ella había creído. Había quedado claro cuando le rompió el corazón al revelar que había otra mujer en su vida y aquello era solo una mentira más. Seguramente algunas personas pensarían que haberse quedado embarazada de un príncipe era un golpe de suerte, pero a ella no se lo parecía. Al contrario. Se sentía pequeña, fuera de lugar, insignificante.

Había discutido con él sobre el matrimonio y pensaba seguir discutiendo. Pero ¿qué podía hacer? Sabía que sería absurdo enfrentarse a un príncipe en los tribunales y no quería perder a su hijo.

«¿Estás segura de que, en el fondo, no quieres irte con él porque es la salida más fácil?».

Bailey no quería escuchar esa traidora vocecita mientras subía la escalerilla del avión, pero una vez en el interior la sensación de ser insignificante aumentó. No era nada, nadie, solo una chica de Nebraska que había ido a Colorado para buscarse la vida. Una chica criada por una madre soltera en una casa vieja con grietas en el techo.

Miró a su alrededor, intentando disimular su aturdimiento. Nunca había visto algo así. Había mirado páginas de Internet en las que mostraban la lujosa vida de los ricos y famosos, pero nunca se había imaginado que ella estaría en uno de esos aviones.

–Hay dormitorios al fondo –Raphael señaló con la mano el otro lado del avión–. Y también un baño con una ducha.

–¿Una ducha?

–Por supuesto.

No dijo nada más, como si fuese lo más normal del mundo tener un avión privado con ducha.

–Muy bien, lo tendré en cuenta en caso de que me apetezca –Bailey dio un respingo cuando la portezuela del avión se cerró–. Pero no podemos irnos ahora mismo. Tengo que terminar mis estudios...

–Ya me lo dijiste mientras hacías las maletas.

–Me han costado mucho dinero y tengo que terminar este semestre.

Raphael se sentó en uno de los asientos de piel y cruzó tranquilamente las piernas. Bailey tuvo que preguntarse por qué no se había dado cuenta antes de que era un príncipe. Claro que nunca había conocido a nadie así, pero él exudaba poder. ¿Cómo podía haber pensado que era un hombre normal?

«No pensaste nada. Lo viste y el mundo se detuvo».

–El coste de tus estudios es la última de mis preocupaciones. Puedes seguir estudiando por Internet, o podrías hacerlo en una de las universidades de Santa Firenze. Por supuesto, tendrás que tomar las clases en palacio y no en el campus.

–¿Por qué no?

–Porque tu presencia allí se convertiría en un circo –respondió él–. No estoy acostumbrado a la atención de la prensa del corazón. El nombre de mi familia ha sido respetado durante generaciones y nos sentimos orgullosos de nuestra estirpe. Además, a mí no me gusta la publicidad. No soy una celebridad, soy el gobernante de un país –Raphael suspiró pesadamente–. Me disgusta la situación en la que me encuentro ahora mismo porque tú... tú serás un problema.

–¿Ah, sí? Qué bien. Espero ser un problema tan grande que no puedas conmigo.

Él hizo un gesto con la mano.

–Vas a tener un hijo mío. Lo más importante del mundo es el nacimiento de ese bebé y debemos estar casados para que pueda darle mi apellido y el título que se merece.

–Hablas como si estuviéramos en la Edad Media.

–No, pero en Santa Firenze ese es el precio de formar parte de la familia real.

–Parece un precio muy alto.

–No tienes ni idea. Por eso el coste de tus estudios no es una preocupación. De hecho, tampoco debería preocuparte a ti. A partir de este momento no tendrás ningún problema económico.

Sus palabras le resultaban tan extrañas... No podía hacerse a la idea. Los problemas económicos la habían acompañado siempre, desde que era una niña, desde que supo lo que era pasar hambre, desde la primera noche de invierno sin calefacción porque les habían cortado el suministro de gas por falta de pago. Que aquel hombre pudiese tener todo lo que quisiera solo con chascar los dedos le parecía... irreal.

–No entiendo nada de lo que está pasando.

—Es muy sencillo —dijo Raphael mientras el avión empezaba a deslizarse por la pista—. Soy un príncipe y no puedo tener un hijo fuera del matrimonio. Hubiera preferido una esposa más apropiada, alguien con título o pedigrí, pero vas a tener un hijo mío y eso significa que tendremos que casarnos.

—Nunca se han pronunciado palabras más halagadoras —se burló ella.

—Estamos hablando de una realidad.

El avión empezó a despegar y a Bailey se le encogió el estómago. Su viaje más largo había sido de Nebraska a Colorado... y entonces se dio cuenta de algo.

—Espera un momento —empezó a decir, pensando que había encontrado una salida—. No tengo pasaporte.

Raphael se rio.

—Eso no es ningún problema. Tendrás uno enseguida.

—Pero no antes de llegar a tu país.

—Esa es la cuestión, mi país. Nadie va a negarte la entrada en Santa Firenze. En cuanto a volver a Estados Unidos, lo harás tarde o temprano y para entonces tendrás tu pasaporte.

Era enloquecedor. Hablaba con la despiadada firmeza de un soberano y replicaba como un enemigo a cada una de sus protestas.

—¿Nada de esto te preocupa? Dices que no te gusta aparecer en las revistas de cotilleos, pero lo dices con la pasión de un iceberg. Mientras tanto, yo siento que mi vida se derrumba, como si me hubieran metido de repente en un *reality show* de tercera clase.

—Eso es insultante. Estás en primera clase —bromeó Raphael.

–¿Esto es una broma para ti? Tu vida ha sido tan fácil... rodeado de lujos, de privilegios. Yo he tenido que trabajar cada día de mi vida para sobrevivir.

–Seguramente sea cierto, pero ahora esta es tu vida. Y no te preocupes por tu compañera de piso, le he dejado un cheque para que pueda pagar el alquiler durante varios meses.

–Un detalle por tu parte... te lo agradezco –murmuró Bailey, cerrando los ojos. Se sentía mal, todo parecía dar vueltas.

–Bailey... –empezó a decir él con expresión preocupada–. ¿Qué te pasa?

–No lo sé.

Raphael tomó su cara entre las manos.

–Tranquila, respira.

Bailey intentó hacerlo, pero no lograba centrar la mirada. Veía borroso y, de repente, todo se volvió negro...

Bailey recuperó el conocimiento poco después. Se sentía enferma, tenía la frente cubierta de un sudor frío y los dedos helados.

–¿Qué ha pasado?

–Te has desmayado –respondió Raphael. Y parecía sinceramente preocupado. Aunque no sabía si por ella o por el niño.

–No me toques –dijo ella.

Él apartó las manos de su cara y Bailey lo odió por ello. Odiaba sentir algo cuando la tocaba, odiaba que no estuviese tocándola. Se odiaba a sí misma por no entender sus sentimientos.

–¿Te desmayas habitualmente?

–No –respondió ella mientras Raphael se levantaba

para ir al bar. Intentaba no prestar atención a sus movimientos, pero no le resultaba fácil–. He tenido un día lleno de sorpresas. Entré en una tienda y descubrí que mi examante era un príncipe. De repente, me di cuenta de que iba a tener un hijo con un príncipe y cuando fui a casa me encontré con dicho príncipe en mi dormitorio. Luego me llevó a un avión privado y me exigió que me casase con él o me quitaría a mi hijo. Supongo que el desmayo tiene algo que ver con eso.

Él abrió una botella de agua mineral y sirvió un vaso con movimientos pausados.

–Yo he descubierto hoy que voy a ser padre y creo que lo estoy llevando bastante bien –murmuró, ofreciéndole el vaso.

–Porque eres un robot –replicó ella, tomando un sorbo de agua.

–Creo que tú mejor que nadie sabes que soy un hombre.

–No del todo, solo algunas partes. Pareces tener el síndrome del hombre de hojalata.

–¿Qué significa eso?

–Que no tienes corazón.

–Amo a mi país –respondió él con tono helado–. Le soy eternamente leal y haré lo que tenga que hacer para preservar el legado de mi padre. No hay ninguna razón para asustarse por la situación. Debo casarme con la madre de mi hijo, es así de sencillo. Iba a casarme el mes que viene y, presumiblemente, poco tiempo después mi esposa hubiera quedado embarazada. Ese ha sido siempre el objetivo, de modo que solo ha cambiado la novia.

–De modo que las mujeres y los hijos son intercambiables para ti.

–Una mujer y un hijo son componentes necesarios en mi vida –replicó él–. Esenciales para mi país y mi linaje.

–Pero quién sea la mujer...

–Importa solo en términos de linaje, filiaciones políticas y la capacidad de tener hijos. Tú reúnes dos de esas tres condiciones y creo que eres lo bastante inteligente como para entender cuáles.

Lo decía con toda tranquilidad, como si la novia fuese la parte secundaria del matrimonio. Como si le diese igual casarse con ella o con la hermosa morena que había visto en las fotografías.

–Eres horrible. ¿Cómo pude convencerme a mí misma durante ocho meses de que eras mi príncipe azul? –Bailey hizo una mueca–. Y no me refiero a tu título.

–Vemos lo que queremos ver, Bailey. Tú querías verme como alguien que no era porque te resultaba conveniente.

–O era una virgen idiota que, por fin, había encontrado al hombre con el que quería hacer el amor por primera vez y los orgasmos le hicieron perder el sentido común.

Sus palabras quedaron suspendidas en el aire, tenso y pesado. Bailey se odiaba a sí misma por haber dicho eso, por recordar el placer que habían encontrado juntos. Preferiría olvidarlo porque la mantenía despierta por las noches. Durante el día se arrastraba, exhausta y desolada. Cuando soñaba, Raphael aparecía en sus sueños, tocándola, besándola. Y cuando se despertaba estaba triste, deprimentemente sola, y anhelaba unas caricias que no volvería a disfrutar nunca.

–Siento mucho haberte hecho daño –dijo él entonces con tono cortante–. Nunca fue mi intención, pero he sabido quién tenía que ser y con qué clase de mujer debía casarme desde que era un niño.

–Y esa mujer no era yo.

–No, no lo eras –Raphael se pasó las manos por el pelo–. Tengo que tomar decisiones acertadas para mi país y algún día mi hijo o hija hará lo mismo. Es lo que me enseñaron mis padres. Mi madre fue educada para ser la esposa de un príncipe y sabía cuál era su sitio. Eso es lo que hace falta para poner a un hijo en el trono, Bailey. Debes entender que no se trata de clasismo cuando digo que tú no eres la mujer con la que debería casarme.

–Yo... –Bailey se movió en el asiento–. La verdad es que no quiero seguir manteniendo esta conversación.

–Deberías descansar. Me temo que estás agotada.

–¡Qué sabrás tú!

–No voy a matarte, *cara*. Voy a convertirte en una princesa.

De repente, Bailey se sentía tan cansada que apenas podía mantener los ojos abiertos. No podía ser una princesa. Ella era una camarera y las camareras no se convertían en princesas.

–Voy a dormir un rato.

Bailey se dirigió al otro lado del avión y entró en el dormitorio, que era más grande que el de su apartamento, con una cama enorme que parecía diseñada para algo más que dormir. Era ridículo. Raphael era ridículo, toda aquella situación era ridícula.

Se quitó los zapatos antes de tirarse sobre la cama como una trágica princesa de dibujos animados y cerró los ojos, intentando controlar las lágrimas.

Aquello tenía que ser un sueño. Cuando se despertase por la mañana estaría de vuelta en Vail, sola y

embarazada. Su exnovio no sería más que el representante de una empresa farmacéutica que la había dejado tirada y no el príncipe de un extraño país. Y ella
no sería una futura princesa.

La alternativa era impensable.

Cuando aterrizaron en Santa Firenze, Raphael pi-
dió que el coche fuese a buscarlos a la pista. Empezaba a preocuparse por la salud de Bailey, que estaba
extremadamente pálida. Aunque solo la había visto
una vez desde que se fue a dormir, cuando salió para
usar el baño media hora antes de que aterrizasen.

Estaba desconcertado. Bailey no se mostraba agradecida o contenta por su oferta de matrimonio ni por
la idea de ser princesa. Un puesto por el que muchas
mujeres darían cualquier cosa.

Y, sin embargo, las dos mujeres a las que se lo había ofrecido lo habían rechazado.

Claro que Allegra era otra cuestión.

—El coche está esperando —anunció.

Bailey salió un momento después, con el pelo mo-
jado, los ojos enrojecidos, una sudadera y un pantalón
de chándal.

—Veo que has aprovechado la ducha.

—¿Cuántas veces se puede uno duchar a diez mil
metros de altitud? —replicó ella—. Pensé que al menos
debería probarla. Tengo que aprender a usar estos lujos.

—Tendrás oportunidad de volver a usarla. Aunque
cambie de avión, siempre tendrá una ducha.

—¿Crees que volveré a usar tu avión en el futuro?

—Por supuesto, vas a casarte conmigo y fingir que
no es así es ridículo —Raphael la tomó del brazo para

llevarla a la portezuela del avión y la ayudó a bajar la escalerilla–. Sube al coche.

–Tú dices que es ridículo, pero no tiene por qué ser verdad.

Él señaló la puerta abierta del coche, haciéndole un gesto para que entrase y Bailey lo hizo, pero no sin antes fulminarlo con la mirada.

–Sigues sin entender. Soy el gobernante de Santa Firenze y nadie en mi familia ha tenido un hijo ilegítimo –empezó a decir Raphael, suspirando mientras se sentaba a su lado–. Nadie en mi familia se ha divorciado nunca, nuestro linaje es reverenciado. Te ofrezco la oportunidad de formar parte de todo eso y... que me rechaces es tan absurdo que no podría hacer una lista de razones.

–Haz esa lista, tienes tiempo –replicó ella.

–Es más larga que el viaje hasta el palacio.

–¿De verdad vives en un palacio?

Raphael dejó escapar un suspiro.

–¿Aún no entiendes que soy un príncipe? No pareces entender nada de lo que digo.

Pero lo entendería en cuanto viese el palacio, el hogar de su familia. Era la joya de Santa Firenze, situado en medio de los Alpes, frente a uno de los lagos más profundos y azules de Europa. Entonces entendería el regalo que estaba ofreciéndole.

–Me acusas de no entender y, sin embargo, creo que eres tú quien no entiende por qué esta situación no me hace feliz.

–Te estoy ofreciendo matrimonio, legitimidad para nuestro hijo y el fin de tus problemas económicos.

–¿Por qué no me ofreciste ayuda cuando tenía que hacer doble turno en ese horrible restaurante?

–¿Hubieras aceptado mi ayuda entonces?

Bailey apartó la mirada.

—Sí —respondió.

—Mientes muy mal. No hubieras aceptado ayuda del empresario y parece que tampoco estás dispuesta a aceptarla del príncipe.

—Porque la primera vez que conocí a Raphael, el príncipe, fue cuando rompió conmigo después de la que yo creía una cita romántica. La noche que me dejó tirada en la nieve.

Él apartó la mirada.

—Quería romper del todo y pensé que era lo mejor para los dos.

—No intentes convencerme de que perdiste el sueño por eso.

Ella no lo sabía, pero así era. Había perdido incontables horas de sueño, deseando algo que solo ella podía darle. Bailey lo había hechizado desde el momento en que la vio y nunca había sido capaz de explicarse por qué. Solo sabía que lo afectaba como nunca lo había afectado otra mujer y no tenía nada que ver con sus habilidades en la cama.

Aún recordaba la primera vez que se arrodilló ante él para tomarlo en su boca, los tímidos e inciertos roces de su lengua... No, no era su habilidad lo que lo excitaba, sino su sinceridad, su intensa dedicación. Compensaba su falta de experiencia con una pasión desatada.

De modo que sí, había perdido el sueño. No deseaba tocar a ninguna otra mujer y había decidido que no lo haría hasta su noche de bodas con Allegra. En ese tiempo había intentado reunir entusiasmo por la mujer con la que estaba prometido, pero no era capaz de encontrarlo. Allegra era preciosa, de piel dorada y brillante cabello oscuro, pero él anhelaba la pálida y rubia belleza de Bailey.

Era todo tan ridículo... Estaba fantaseando sobre una estudiante universitaria llamada Bailey. Princesa Bailey.

Pero el deber era lo más importante, aunque doliese. Un roble no se doblaba con el viento y tampoco lo haría el gobernante de Santa Firenze.

De niño, cuando se hacía daño, su padre no permitía a su madre o a los criados que lo consolasen. Tenía que soportar el dolor y seguir adelante. Así, le había dicho su padre una vez, era como un hombre se hacía fuerte. Si podía soportar un corte, también podría soportar cualquier herida emocional.

Cuando se hizo mayor, su padre le dijo que eso se aplicaba a otros malestares físicos. Un hombre podía desear a cierta mujer, podía arder de pasión por ella, pero, si había alguna posibilidad de que esa unión fuese perjudicial para el país, esa pasión tenía que ser aplastada.

El príncipe de Santa Firenze podía tener todo lo que quisiera y, por eso, su corazón, su alma y su sentido del deber tenían que ser moldeados para cumplir con su obligación.

Raphael sabía que era fuerte, lo había sido durante toda su vida.

Hasta que la conoció a ella.

Era absolutamente ridículo, pero cierto. Y ella, de algún modo, sentía que estaba en posición de desafiarlo.

La limusina tomó una última curva y, por fin, las majestuosas verjas de hierro del palacio, con el escudo blasonado de la familia, se abrieron como por arte de magia y el chófer tomó un camino flanqueado por setos hasta llegar a un magnífico patio situado frente al palacio. Una enorme fuente dominaba el centro, con una gran estatua dorada rodeada de otras de mármol que representaban a los grandes líderes del país. Su linaje tallado en piedra frente al palacio que había albergado a tantas generaciones.

Raphael sonrió, satisfecho, al ver que, por fin, Bailey tenía la delicadeza de parecer algo impresionada mientras miraba las torres cubiertas de hiedra a un lado y la bandera azul y blanca de su país ondeando con la brisa.

—Esta es mi casa —anunció—. Y, cuando seas mi esposa, también será la tuya y la de nuestro hijo. ¿Sigues pensando que deberías criarlo en ese apartamento de Colorado, con tu compañera?

—Yo... no tenía ni idea.

—No es culpa mía que no prestes atención a los asuntos internacionales. O tal vez sea culpa mía por hacer todo lo posible para que mi país no sufra la mayoría de los conflictos que asolan el resto del mundo. Tenemos pocas razones para aparecer en las noticias porque los ciudadanos de Santa Firenze son felices, las arcas están llenas y no hay problemas de seguridad o desastres naturales.

—¿Esto es Narnia?

—Si lo fuera, un soplo de aliento convertiría estas estatuas en seres de carne y hueso, pero es el mundo real y solo son de piedra.

—Una pena porque entonces solo tendría que entrar en el armario y me libraría de ti —replicó Bailey.

Se mostraba rebelde y él nunca había tenido que enfrentarse a algo así. Como su padre antes que él, había convertido Santa Firenze en su vida. No había nada más importante y nadie en su país tenía razones para quejarse.

—No creo que quieras librarte de mí. Me desafías porque crees que deberías sufrir por tu pecado.

—¿Mi pecado?

—Sí, tu pecado. Crees que deberías ser castigada por lo que ha pasado. Te has quedado embarazada y ahora debes hacer penitencia. La triste madre soltera que trabaja en un restaurante después de ser abandonada por su amante. Es un cuento muy triste, pero no es la situación en la que te encuentras. Tienes un hombre dispuesto a aceptar su responsabilidad, un príncipe además. Decir algo que no sea un enfático «sí» es una pérdida de tiempo.

Ella miraba el palacio con los ojos de par en par y los labios entreabiertos. Y su belleza lo golpeó como un rayo, igual que el día que la conoció. Bailey esperaba un hijo suyo y sería su esposa...

«Mía».

Intentó no pensar en eso. Casarse con ella era una necesidad, lo que debía hacer. No tenía nada que ver con sus deseos o con eso que Bailey le hacía sentir, tan peligrosamente parecido a una debilidad.

—Ven —dijo, ofreciéndole su mano—. Voy a llevarte a tu habitación.

Capítulo 4

BAILEY intentó disimular, pero se quedó boquiabierta cuando entraron en el palacio. El corazón le latía con tal violencia que parecía hacer eco en los monumentales pasillos de mármol. Nunca había visto nada así. Era como una película, salvo que en una película seguramente harían un montaje divertido en el que se probaría un montón de vestidos preciosos, con música alegre de fondo, mientras una estilista francesa le decía lo guapa que era.

Pero allí estaba, con una sudadera y unos pantalones de chándal que habían visto mejores días, sintiéndose como algo que un gato grande y satisfecho hubiera arrastrado hasta allí.

Los empleados no miraban a Raphael a los ojos, como si eso fuese demasiado presuntuoso por su parte. Tampoco la miraban a ella, ni siquiera por curiosidad, como si no cumpliera con las expectativas. Como si solo fuera un paquete que el príncipe había llevado allí después de un día de compras.

—Esto es tan silencioso... —murmuró.

—Hay mucha gente en el palacio y sería difícil pensar si todo el mundo estuviese hablando a la vez, ¿no te parece?

—Entonces, ¿hay una norma de silencio?

—No hay ninguna norma, pero mi padre entrenó a

los empleados para que no fuesen vistos ni oídos y yo no he hecho nada para revisar ese código de conducta.

–Eres un personaje muy importante, ¿verdad?

–Es mi palacio –respondió él–. Por supuesto que soy un personaje importante.

–Tenía la impresión de que la realeza ahora era más moderna. El príncipe Harry aparece en las revistas saludando a los soldados y cosas así.

–Y le pillan con los pantalones bajados en Las Vegas.

–Los dos sabemos que tú también te has bajado los pantalones, lo que pasa es que nadie te hizo fotografías –le recordó Bailey–. Yo podría haberlas hecho y tal vez debería. Imagínate el escándalo.

–Veo que por fin estás pensando en utilizar a la prensa contra mí.

–No, no voy a hacerlo. ¿Para qué serviría, para abochornarnos a los dos? ¿Para que, en el futuro, nuestro hijo viese las cosas feas que decíamos el uno del otro? No es eso lo que quiero. Los dos sabemos que, aunque pudiese perjudicarte con los sórdidos detalles de tu aventura secreta con una camarera, sería a mí a quien insultasen.

–Dices la verdad –asintió él, poniendo la mano en la barandilla de mármol–. Así es como ha sido siempre, pero no te enfades conmigo. Yo no puedo controlar el mundo entero.

–Actúas como si así fuera –replicó ella–. ¿Dónde están mis maletas, por cierto?

–Se encargarán de ellas, no te preocupes. Aunque dudo que tu ropa sirva para tu nuevo puesto.

Bailey hizo una mueca. Ella solía comprar en las rebajas y veía la experiencia como una especie de operación militar.

–Me gusta mi ropa.

–Tendrás ropa nueva y mejor. Más vestidos de los que puedas ponerte nunca.

–No entiendo todo esto.

–La cuestión es que serás la princesa de Santa Firenze y parecerás una princesa. Cuando demos la noticia de nuestro próximo matrimonio te presentaremos de la mejor forma posible. No me beneficia en nada hacerte quedar mal.

Bailey tragó saliva, con el estómago encogido.

–Yo no... no entiendo nada. No sé qué debo hacer.

–Has visto a las familias reales saludando a sus súbditos desde un balcón, ¿no?

–Sí, claro, es un cliché.

–Pues prepárate para convertirte en un cliché.

–No puedes hablar en serio. No vamos a hacer esto de verdad... no irás a presentarme a toda la nación.

–No seas boba, voy a presentarte ante el mundo entero.

El corazón de Bailey se volvió loco.

–¿El mundo entero? No creo que yo le importe al mundo entero. Solo soy Bailey Harper, de Nebraska, camarera hasta hace dos días.

–Eso es precisamente lo que al mundo le interesará de ti –replicó él–. Te vigilarán de cerca, buscarán cualquier escándalo, destacarán el hecho de que trabajases como camarera en un restaurante conocido por sus exuberantes empleadas. Dirán que estabas embarazada antes del matrimonio y que me vi obligado a casarme contigo. Escudriñarán los detalles de tu infancia, tus padres, y los usarán contra ti porque a eso se dedica ese tipo de publicaciones.

–Haces que todo suene tan emocionante... –murmuró ella, intentando disimular el temblor de su voz.

–Es la realidad y la razón por la que tengo que dar ejemplo. Pero no puedo hacer nada sobre esto, sé que será un escándalo.

–¿Y si volviese a Colorado? ¿Y si... olvidamos lo que ha pasado?

Él se volvió para mirarla con expresión fiera.

–No puedo olvidar lo que ha pasado. Es imposible.

–Pero podrías casarte con una mujer más apropiada, como se hacía antaño. Ya sabes, pagando a tu amante, fingiendo que tu hijo bastardo no existe. Así era como lo hacían entonces, ¿no?

–Yo soy capaz de enfrentarme a mis errores.

–Ah, claro. Entonces soy un error. Qué bien, soy la chica más afortunada del mundo.

–Lo eres porque serás mi princesa. ¿Hay algo degradante en eso?

–No, hay algo degradante en que te desprecien, en que alguien te mienta sobre su identidad, te mantenga como un sucio secreto, te abandone para casarse con alguien más apropiado y luego te traiga a su país cuando estás embarazada. Nada de esto tiene que ver conmigo, con la persona que soy. ¿Por qué esperas que me sienta halagada?

Debería sentirse feliz porque ya no tenía que preocuparse por el futuro de su hijo. No tendría que trabajar como camarera durante el resto de su vida y podría darle a su hijo un futuro, un porvenir.

Pero no se sentía feliz porque, al final, no había roto el círculo. Se había quedado embarazada de Raphael, y no de un mecánico al que había conocido de paso como su madre, pero era lo mismo. Su error había sido más afortunado, nada más. No podía sentirse feliz o satisfecha. De hecho, se sentía como una tonta.

–No quiero que sigamos discutiendo –dijo él con sequedad antes de volverse para subir por la escalera.

Bailey lo siguió, dejando escapar un largo suspiro.

–¿La escalera termina alguna vez?

Él no se molestó en responder hasta que llegaron a un largo corredor con armaduras y cuadros que parecían pintados por grandes maestros. Aquel sitio parecía un museo, desde el intrincado artesonado de los techos a los cuadros, las armaduras y los artefactos antiguos.

–Esta es tu habitación –le dijo, abriendo una puerta doble de color azul.

Bailey tragó saliva al ver la enorme cama con dosel que parecía capaz de acomodar a todo un harem.

–¿Cuánta gente cabe en esa cama?

En lugar de responder, Raphael se quedó mirándola a los ojos con expresión burlona.

–Tienes tu propio baño, con ducha y bañera –dijo por fin–. Esta otra puerta conecta con mi habitación y eso será conveniente para los dos.

A Bailey se le detuvo el corazón.

–¿Por qué será conveniente?

–Seremos marido y mujer, *cara*, y hay ciertas expectativas.

Bailey pensó que le iba a estallar la cabeza. Su arrogancia no tenía límites.

–¿De verdad crees que voy a acostarme contigo?

–Lo has hecho antes –respondió él, señalando su abdomen.

–Cuando pensé que eras un hombre normal, un hombre con corazón. Un hombre con el que podría forjar un futuro.

–Te estoy ofreciendo un futuro. Vamos a casarnos.

–Solo porque tu prometida te dejó plantado a última hora –respondió ella, dando un paso adelante–. Solo porque estoy embarazada. Si tu prometida no hubiese roto el compromiso, tú ni siquiera sabrías que estoy esperando un hijo porque nunca te molestaste en responder a mi mensaje.

–Ya te he dicho que me libré del teléfono con el que te ponías en contacto conmigo.

–¿No temías que alguien descubriera esas llamadas o mensajes de texto?

–Era un teléfono que usaba solo contigo.

–Ah, ya entiendo, tenías un teléfono desechable para mí. Era tu sucio secreto, ¿no? ¿Qué habría pasado si hubieran descubierto tu relación conmigo? Te habrías sentido humillado –Bailey soltó una amarga carcajada. No tenía gracia y le dolía en el alma, pero era o reírse o hacerse un ovillo y llorar–. Bueno, ahora todo el mundo lo sabrá. Es curiosa la vida, ¿no?

–Haré lo que tenga que hacer para que esto sea lo menos doloroso posible para ti, para los dos.

–Eres un santo, Raphael –le espetó ella, irónica–. Pero, si crees que vas a tocarme, estás muy equivocado.

–No entiendo cuál es el problema. Nos sentimos atraídos el uno por el otro...

–Yo confié en ti –dijo Bailey con voz ronca–. Te confié mi cuerpo y tú sabes lo que me costó. Ni siquiera sé quién es mi padre y estaba decidida a no ser nunca como mi madre... pero entonces te conocí a ti y tú te encargaste de que fuese exactamente como ella. Ya no confío en ti, Raphael. Creo que nunca podré volver a confiar en ti. Me casaré contigo porque es lo mejor para nuestro hijo y porque no sé qué otra cosa puedo hacer. Deseo este hijo y no quiero que se vaya a la cama con hambre como me pasó a mí de pequeña.

Por esas razones me casaré contigo, pero nunca seré tu mujer.

La expresión de Raphael se volvió dura, tensa.

–¿Esperas que sea célibe el resto de mi vida?

–Me da igual lo que hagas mientras no te acerques a mí.

–Ya veremos –dijo él con tono helado.

–No hay nada que ver. Mi decisión está tomada.

–No tengo mucha fe en tu autocontrol, *cara*. Creo que con una sola caricia entre esos bonitos muslos te tendría suplicándome.

Bailey tuvo que controlar el desesperado anhelo que nació dentro de ella, haciendo que se sintiera vacía, sola. Consciente de cuánto lo deseaba.

–Nunca –afirmó, levantando la barbilla.

Raphael dio un paso adelante para tomarla por la cintura, su brazo le parecía como una barra de hierro. Ya no era el hombre al que había conocido en Vail. Aquel era el príncipe autoritario, implacable... y tan atractivo que apenas podía respirar.

Tal vez porque era débil o tal vez porque Raphael era irresistible. En cualquier caso, se encontró mirando esos indescifrables ojos oscuros mientras intentaba disimular un estremecimiento de deseo que la recorría de la cabeza a los pies.

Daba igual que solo unas horas antes hubiera sentido que estaba a punto de morir. Daba igual que llevase un pantalón de chándal y una sudadera. Daba igual que su cabello estuviera despeinado y no le quedase ni rastro de maquillaje. Nada importaba salvo que él estaba abrazándola y ella lo deseaba como nunca.

Antes de que pudiese protestar, antes de tener la oportunidad de preguntarse si quería aquello de verdad, él se apoderó de sus labios.

Fue tan rápido y despiadado reclamando su boca como el día que entró en su vida, haciéndose su dueño, haciéndola suya.

Dejó caer los brazos al principio, pero después, incapaz de resistirse, se agarró a la suave tela de su camisa, apretándose contra su torso porque de no hacerlo se caería al suelo.

«Tres meses».

Llevaba tres meses anhelando aquello. Y era mucho mejor de lo que recordaba.

Raphael la soltó unos segundos después, esbozando una irónica sonrisa.

—Como he dicho, ya veremos.

Luego se dio la vuelta y salió de la habitación, dejándola con un incendio en su interior que se negaba a ser sofocado, por mucho que su cerebro y su corazón lo intentasen.

Capítulo 5

A LA MAÑANA siguiente, cuando Bailey no apareció a la hora del desayuno, Raphael fue a buscarla. No estaba en su dormitorio, lo cual fue una sorpresa porque había esperado encontrarla allí, alargando las horas de sueño como solía hacer cuando pasaban el fin de semana juntos en Vail. La buscó por los pasillos, preguntándose si se habría marchado y para qué. Ella tenía que saber que la encontraría.

No había sitio en la tierra en el que pudiera esconderse. Los paparazzi ya habían identificado a su amante y especulaban sobre si habría tenido algo que ver con la ruptura de su compromiso. Ya no era una persona anónima y él tenía recursos ilimitados, de modo que no podría evitarlo durante mucho tiempo.

Recordó entonces que no tenía pasaporte y tuvo que sonreír. No podría salir de Santa Firenze, de modo que no tendría que esforzarse mucho para encontrarla.

En ese momento se cruzó con una de las empleadas de palacio.

—¿Dónde está Bailey? —le preguntó.

La mujer levantó la mirada, con expresión serena.

—La señorita Harper está tomando el desayuno en la biblioteca.

—Gracias.

Raphael se dirigió a la biblioteca y cuando abrió la

puerta encontró a Bailey sentada en un sillón, con un libro en las manos.

–¿Cómo me has encontrado?

–Tengo empleados.

–Sí, ya lo sé, ellos son los que me han traído el desayuno –respondió Bailey, levantando una taza–. Todos han sido muy amables. Tal vez deberías hablar con ellos en lugar de ignorar su existencia hasta que tienes que dar una orden.

–No los ignoro y ellos mantienen las distancias por respeto. Si tuviese que pararme a hablar con todos ellos nadie haría nada, incluido yo. Soy un gobernante justo y un buen jefe. No necesitan que hable con ellos para saberlo y yo no necesito que me hagan reverencias para saber que me aprecian.

–Vaya, qué generoso.

–¿Qué haces aquí escondida?

–No estoy escondida. Este sitio es tan grande que prácticamente necesitas un coche para ir de un lado a otro.

–Tan melodramática como siempre –dijo Raphael–. En fin, me he tomado la libertad de procurarte un nuevo vestuario.

Bailey dejó la taza sobre el plato.

–¿Tú, personalmente?

–Claro que no, qué ridiculez.

–¿Que tú me encargues un nuevo vestuario no es un poco ridículo?

–No hay nada ridículo en mí.

–Lo dirás en broma –Bailey se tiró de la camiseta, que se ajustaba a sus pechos y a la suave curva de su abdomen–. Tú, que mantenías una aventura secreta con una estudiante universitaria en Colorado siendo un príncipe europeo. Tú, que tienes un palacio y un

complejo de superioridad que sugiere poca activi-
dad... bajo los pantalones.

–Los dos sabemos que eso no es verdad.

Ella hizo un gesto con la mano.

–No tengo nada con qué compararlo.

–En cualquier caso, tú conoces cada centímetro de
mí y sabes que no soy precisamente ridículo.

Bailey se ruborizó.

–Esa es tu opinión.

–La única opinión que importa en mi país. Por
cierto, hoy tendrá lugar la conferencia de prensa.

–¿Qué? Pero si aún estoy sufriendo el jet lag.

–No se puede retrasar. La boda debe tener lugar lo
antes posible... supongo que lo entiendes.

–Pero ¿no hace falta tiempo para organizar una
boda? –preguntó Bailey, con voz temblorosa.

–No cuando se tienen poder y recursos ilimitados.

–Ya, bueno, yo de eso no sé nada.

Raphael frunció el ceño.

–No, pero deberíamos hablar de un estipendio men-
sual. Seré generoso, por supuesto. Me imagino que
querrás ir de compras, almorzar con tus amigas...

–¿Estás ofreciéndome una paga, como si fuera una
niña?

–No, te estoy ofreciendo cierta independencia.

–Para gastar tu dinero. O la cantidad que a ti te
parezca aceptable.

–Puedo darte una tarjeta de crédito sin límite, no
me preocupan tus gastos.

–No estoy acostumbrada a gastar.

–Como buscavidas eres un desastre –dijo Raphael
entonces–. No pareces entender que estás con un príncipe, no hablaste con los paparazzi y, cuando te digo
que tienes un vestuario nuevo, en tus ojos no aparece

un brillo de triunfo. De hecho, parece como si quisieras matarme.

Ella frunció los labios.

—«Matar» es una palabra demasiado fuerte. No quiero matarte, pero romperte algún hueso...

—Yo procuraría no hacer bromas de ese tipo cerca del Servicio Secreto. No les hacen mucha gracia.

Ella ladeó la cabeza.

—¿Y dónde estaban los del Servicio Secreto cuando nos veíamos en Vail?

—Cuando no quiero que me reconozcan me pongo ropa informal y unas gafas de sol.

—Ah, el Clark Kent de la realeza.

Raphael frunció el ceño.

—¿Perdona?

—Nadie reconoce que eres Superman cuando llevas puestas las gafas, ¿no?

Raphael tuvo que reírse, y eso lo tomó por sorpresa. Bailey siempre le había parecido divertida, a menudo cuando menos se lo esperaba. No deberían tener nada de qué hablar, pero era todo lo contrario.

Atracción. Eso era lo que había sentido al verla. Puro deseo.

Había esperado acostarse con ella. Lo que no había esperado era pasar horas hablando y disfrutando de las conversaciones.

Un hombre de más de treinta años, educado para gobernar un país, no debería tener nada en común con una estudiante universitaria estadounidense de poco más de veinte años. Y tal vez no tenían mucho en común, pero ella lo intrigaba, lo sorprendía. Y eso le gustaba mucho.

—No anunciaba oficialmente mis viajes a Estados Unidos. Iba allí para visitar el resort de un amigo en el que pensaba invertir. Esa noche, como sabes, hubo una tormenta de nieve y no pude volver a Santa Firenze.

—Entonces, parafraseando la famosa película, ¿de todos los restaurantes cercanos al aeropuerto, tuviste que entrar en el mío?

—Estuve a punto de marcharme. No sabía qué clase de establecimiento era y no podía arriesgarme a que me vieran en esa clase de local, pero entonces te vi.

Bailey se puso colorada.

—¿Te quedaste por mí?

—Te deseé —respondió él con voz ronca— desde el momento en que te vi.

Bailey frunció el ceño y eso lo sorprendió. Aunque, en realidad, ella nunca reaccionaba como él se imaginaba que lo haría.

—Lo dices como si yo fuera un reloj de oro.

—¿Perdona?

—Me viste y quisiste comprarme como si fuese un objeto en un escaparate.

No iba muy descaminada. Cuando quería algo lo conseguía y las mujeres no eran una excepción. A menudo hacía lo que tuviese que hacer para conseguir el último modelo de coche o de avión, siempre lo mejor. Pero no entendía por qué eso la ofendía.

—Las personas no son cosas —siguió ella con tono enfadado, como si le hubiera leído el pensamiento.

—Tal vez no, pero las cosas tienen valor. No lo decía como un insulto.

—No estás ayudando nada.

—Sé que las personas no son cosas —Raphael suspiró. Pero la adquisición de cosas, favores o el interés de una mujer siempre habían sido lo mismo para él.

—No sé si eres consciente de ello.

–Puedes seguir siendo escéptica, pero la rueda de prensa tendrá lugar en tres horas. Alguien vendrá a maquillarte y peinarte, y luego tendrás que probarte un vestido. Tu figura ha cambiado un poco desde la última vez que te vi desnuda, así que he hecho lo posible por adivinar tu talla.

Bailey sacudió la cabeza.

–Todo suena tan... excesivo.

–Tu imagen aparecerá en periódicos y revistas de todo el mundo.

–Muy bien, supongo que podré soportar tener algo de ayuda.

Raphael sonrió.

–¿Qué es esto? ¿Bailey Harper se somete?

–A mi vanidad, no a ti. No te equivoques.

–Nos vemos en dos horas, y espero que parezcas una princesa.

Durante las dos últimas horas, un equipo de estilistas había peinado, maquillado y pulido a Bailey hasta hacerla brillar. Y, cuando se miró al espejo, se maravilló del increíble trabajo que habían hecho.

Solo una vez la había maquillado un profesional, cuando estaba en el instituto, en el mostrador de cosmética de unos grandes almacenes. Cuando salió parecía un desecho de los ochenta, con los ojos cargados de sombra azul y purpurina en los labios.

Pero aquella era una experiencia totalmente diferente. Apenas podía reconocer a la mujer que la miraba desde el espejo. La sombra gris destacaba el azul de sus ojos, que parecían enormes, y los labios pintados de un rosa oscuro y mate, muy sutil.

Le habían alisado y recogido el pelo en un elegante moño y el vestido... jamás se hubiera imaginado que llevaría algo así. De color rosa claro, cubierto por una especie de red de punto y con miles de piedrecitas concentradas en la cintura que se dispersaban por el corpiño y la falda. Brillaba a cada paso y casi podía creer que era una princesa de verdad.

«Solo eres una carga. Me has encadenado durante dieciséis años, Bailey, no creas que voy a echarte de menos».

Recordar las palabras de su madre empañó la alegría del momento.

Daba igual. Era una princesa. Ya no podía ser una carga, se dijo.

—Mírame ahora —murmuró.

En ese momento sonó un golpecito en la puerta y, pensando que sería algún empleado, no se molestó en apartar la mirada del espejo.

—Entre.

Cuando levantó la cabeza y vio a Raphael entrando en la habitación, se le aceleró el corazón.

—Veo que ya estás preparada.

Bailey siguió mirándose al espejo, usándolo como si fuera un amortiguador contra esa mirada cargada de deseo.

—Tienes un buen equipo de expertos.

—Lo son, desde luego.

—Pensé que nos encontraríamos en algún sitio.

—Pero aquí estamos.

Allí estaban, pero ella no quería que la mirase así, no quería estar a su lado con la cama tan cerca. No quería reconocer su propia debilidad.

—Bueno, pues aquí estamos —murmuró, sin mirarlo.

—Pero te falta lo más importante.

Raphael sacó una cajita negra del bolsillo de la chaqueta.

–¿Qué haces?

Él abrió la caja para mostrarle un anillo con un diamante de corte cuadrado en el centro, rodeado de piedras preciosas. Nunca había visto algo tan valioso de cerca y solo podía pensar en cuántos meses de alquiler podría haber pagado con ese dinero. Cuántos meses de compra en el supermercado, cuántas facturas...

Era imposible pensar de otro modo cuando había tenido la vida que había tenido.

–Esto es para ti. Tu anillo de compromiso –Raphael lo sacó de la caja y se lo mostró.

Y, de repente, la joya dejó de tener importancia. No podía respirar. Se había imaginado a Raphael pidiéndole en matrimonio antes de saber quién era, pero la escena que se había imaginado era muy diferente. En la calle, bajo la nieve, o incluso en la habitación, con los dos desnudos, ardiendo de pasión.

Había fantaseado con él clavando una rodilla en el suelo mientras la miraba a los ojos, diciéndole que era preciosa, que la amaba, que no podía vivir sin ella.

Allí estaba, en un palacio, con un carísimo vestido y Raphael ofreciéndole un anillo increíble. Pero todo eso palidecía en comparación con su pequeña fantasía.

Era un hombre diferente, no había nada humano o vulnerable en él, nada auténtico. Su rostro era de piedra, como si ya estuviera preparándose para convertirse en una estatua.

No podía hacer nada más que tomar el anillo y ponérselo en el dedo, sintiendo como si estuviera poniéndose un grillete.

Bajó la mirada, incapaz de creer que llevase en la mano algo tan ostentoso.

–No pareces contenta, Bailey. ¿El diamante no es lo bastante grande?

Ella intentó formular una respuesta, pero las palabras se quedaron atascadas en su garganta. ¿Cómo iba a decirle que nunca se había imaginado comprometida hasta que lo conoció, o que aquello, aunque mucho más espectacular que su fantasía, no era más que una pálida y triste imitación?

Se había imaginado que su corazón rebosaría de alegría por tener a alguien a su lado, por tener la clase de relación con la que nunca había soñado siquiera. Pero aquello no era lo que se había imaginado y no se sentía feliz, sino todo lo contrario. Echaba de menos a alguien que nunca había existido. El Raphael del que se había enamorado no era aquel hombre.

–¿Crees que el problema es el tamaño del diamante? –le preguntó por fin.

–Pareces disgustada.

–Porque este debería ser el momento más romántico de mi vida, pero solo es un espectáculo de cara a la galería. No hay ningún romance, ningún sentimiento, solo un diamante.

–Un diamante sería suficiente para muchas mujeres. Y, si no, lo sería el título de princesa.

–Yo nunca he soñado con nada de esto –replicó Bailey. Tampoco había soñado con el amor antes de conocerlo. Soñar era peligroso, devastador, desbarataba sus ilusiones.

–¿No sueñan todas las mujeres con ser princesas?

–No, a veces una mujer sueña con escapar de la inestabilidad, conseguir una educación, un trabajo, mejorar su vida. Yo temía destruir lo que había conseguido, temía perder la cabeza por un hombre y terminar como mi madre. Y así ha sido –se le quebró la voz y se odió a sí misma por ser tan vulnerable con él.

Cada día era más evidente que había tenido una relación con alguien que solo existía en sus sueños. Le había contado cosas de su vida, le había hablado de sus sueños y Raphael no le había dado nada a cambio.

Era capaz de charlar durante horas sobre asuntos impersonales. Eso, y la intimidad física, le habían hecho creer que había algo importante entre ellos, pero en realidad no le conocía. Y él nunca había permitido que lo hiciera.

–Sigues comparándote con ella, pero tú estás aquí –dijo Raphael, señalando a su alrededor–. No entiendo por qué comparas tu situación con la suya.

–Porque, si no fueras un príncipe, si tu prometida no hubiese roto contigo, sería como mi madre –respondió ella, a punto de ponerse a gritar–. Solo te casas conmigo por obligación.

–Pero tendrás un título, seguridad. Me tendrás a mí.

–Como si eso resolviera mis problemas. Al contrario, creará más.

–Sí, problemas como tener un coche y un chófer para llevarte donde quieras, elegir el tenedor adecuado en la mesa o cómo vas a acostumbrarte a que te llamen Alteza.

–Eso son cosas.

–Tú siempre has dicho que soñabas con una vida mejor. Esta es una vida mejor.

–Hubiera sido feliz con una humilde casita y un marido que me entendiese.

–Yo te entiendo muy bien, Bailey. Tal vez debería

refrescarte la memoria –dijo Raphael, dando un paso adelante.

Ella se apoyó en el tocador, con el corazón tan acelerado que casi no podía respirar.

No sabía lo que quería y eso era lo que más odiaba; la certeza de que no podía ser y el deseo de que pudiera ser se mezclaban para crear un complejo enredo dentro de ella.

Necesitaba que la tocase.

Necesitaba que se alejase de ella.

Raphael alargó una mano para trazar sus facciones con un dedo. Bailey no podía respirar, no podía pensar.

Solo desear.

–Lamentablemente, tendré que recordártelo más tarde –dijo él entonces, dejando caer la mano al costado–. Es hora de presentarle a mi pueblo a su nueva princesa.

Capítulo 6

BAILEY se encontró siendo escoltada por un pasillo del palacio a toda velocidad. Raphael le sujetaba el brazo mientras la llevaba hacia el que, suponía, sería el balcón del que habían hablado antes.

Una secretaria se acercó a Raphael con expresión tensa y le ofreció un papel que él miró con el ceño fruncido antes de guardárselo en el bolsillo, murmurando algo en italiano. No se molestó en decirle qué era y las únicas palabras que ella conocía en ese idioma eran... en fin, palabras subidas de tono porque se las había enseñado él en la cama.

Hizo lo posible por no pensar en ello cuando se detuvieron frente a las puertas de un balcón, cubiertas por pesadas cortinas de brocado.

–No tendrás que hablar, solo estar a mi lado –le dijo al oído, acariciándola con su aliento–. Sonríe y saluda cuando yo lo haga. Y, por el amor de Dios, intenta parecer serena.

Y entonces las puertas del balcón se abrieron y se encontró siendo empujada al exterior. El sol brillaba sobre las cumbres nevadas y el cielo era de un azul magnífico, casi un reflejo del lago cristalino. Era una imagen tan intensa, tan hermosa, que parecía más un cuadro que un paisaje real.

Pero más irreal era la inmensa multitud de gente

que se había reunido en el patio, todos en silencio, esperando escuchar a su monarca. Nunca había visto algo así y, desde luego, nunca había estado delante de tanta gente. Era como una de esas pesadillas que tenía en el instituto, salvo que no estaba desnuda; al contrario, llevaba un fabuloso vestido de diseño.

Raphael se aclaró la garganta antes de hablar:

—Sé que ha habido cierta confusión con respecto a mi futuro y el futuro de nuestro país. Lamentablemente, mi compromiso con Allegra Valenti se rompió abruptamente y ha habido muchas especulaciones. No puedo negar que hay cierta verdad en algunos de esos rumores.

Bailey no sabía a qué rumores se refería porque solo había visto el titular sobre la ruptura de su compromiso. Pensó entonces en el papel que le habían entregado unos minutos antes. ¿Habría recibido información de última hora?

—La señorita Valenti y yo pensábamos que ese matrimonio sería lo mejor para nuestro país, pero está claro que nos habíamos equivocado —siguió Raphael—. Es cierto que la señorita Valenti está ahora comprometida con otro hombre y yo estoy comprometido con otra mujer. Espero que confiéis en mi elección.

Su tono era solemne, sincero, y Bailey se encontró atrapada por sus palabras.

—Lo que estoy compartiendo con vosotros ahora —siguió Raphael— son mis sentimientos. Pensaba que no habría sitio para tal cosa en el mundo de la política, pero estaba equivocado. Bailey Harper es la elegida de mi corazón. No proviene de una familia noble ni próspera, pero será mi princesa y creo que, con el tiempo, todos acabaréis queriéndola tanto como yo.

Bailey pensó que estaba soñando. En cualquier

momento se iba a despertar en su dormitorio en Colorado...

La gente empezó a aplaudir entonces y a lanzar vítores...

Nunca había sentido tan positiva afirmación en toda su vida.

Raphael la tomó por la cintura con una mano y con la otra le levantó la barbilla, mirándola a los ojos. No podía apartarse cuando estaban ofreciendo aquel espectáculo de cara a la galería, de modo que tenía que quedarse allí, tan cautiva como el público. Sabiendo que ese discurso tan cuidadosamente elaborado para parecer sincero era exactamente eso, una ficción para quedar bien con sus súbditos.

Raphael había reconocido que estaba por debajo de él y, aunque hubiera elegido bien sus palabras, esa era la única verdad.

Sí, ella provenía de una familia humilde y él había querido algo mejor, pero también había mentido. Había dicho que era la elegida de su corazón cuando en realidad solo la había elegido porque era la madre de su heredero. No era la elegida de su corazón. Había sido la elección temporal de su libido, nada más.

Pero la miraba con tal ferocidad, tal pasión, que le resultaba difícil razonar. Además, no podía hacer nada. No podía protestar porque había cámaras por todas partes. El mundo entero estaba buscándole defectos, de modo que cerró los ojos y se apoyó en él para recibir el más suave de los besos.

Pero había tal pasión escondida en sus labios que pensó que iba a destruirla, a romperla de forma irremediable y reducirla a cenizas allí mismo.

Se separaron rápidamente y él empezó a saludar con la mano a sus súbditos. Bailey sabía que esa era la parte que debía imitar, de modo que lo hizo como si estuviera interpretando un papel, como hacían en las películas.

Luego, rápidamente, se la llevaron de nuevo al interior del salón.

–¿Ya está? –preguntó.

–Yo no respondo a preguntas, doy discursos. No doy explicaciones sobre mis actos o decisiones. Mis decretos son ley.

Bailey puso los ojos en blanco.

–Oye, deberías ver a alguien para hablarle de ese ego tuyo.

–No es una aflicción.

–Para ti no, pero lo es para los que te rodean.

–Mi ego evita que me preocupe por eso.

Era tan atractivo... Aunque se mostrase ridículamente arrogante seguía siendo el hombre más atractivo que había conocido nunca. Pura perfección con esos penetrantes ojos oscuros, la nariz recta, el mentón cuadrado. Y esos labios... el único rasgo suave de su rostro mientras lo demás era como inmutable granito.

–¿Qué ponía en el papel que te han dado? –le preguntó para dejar de pensar en cosas en las que no debería pensar.

–El anuncio del compromiso de Allegra Valenti con Cristian Acosta y que está embarazada, algo que aparecerá en los titulares de mañana. Tendremos suerte si tu embarazo no aparece también. Al parecer, ya hay rumores circulando –respondió Raphael–. No quería decirlo hoy porque eso hubiera perjudicado mi discurso. Yo sé lo que mi gente quiere escuchar.

–Ah, qué romántico.

–Tú lo sabes bien –dijo él, mientras se aflojaba el

nudo de la corbata. A Bailey le hubiera gustado mucho quitársela como había hecho tantas veces–. Esto no se trata de romanticismo, sino de hacer las cosas bien.

Y así, de repente, el deseo se convirtió en ira.

–Espero que grabes eso en mi alianza.

–Podríamos hacerlo, si quieres.

Raphael, una criatura tan extraña y arrogante, no entendió el sarcasmo.

–Estaba tomándote el pelo.

–¿Tomándome el pelo?

–Lo hacía a menudo en Vail, parece que no te acuerdas.

–Tal vez en Vail no escuchaba atentamente –replicó él–. En general, estaba cegado de deseo.

Esas palabras fueron como un golpe en el pecho para Bailey.

–Entiendo. Entonces, el contenido de mi sujetador era más interesante que lo que tenga en el cerebro.

–Hablar contigo nunca sirve de nada –Raphael dejó escapar un suspiro–. Siempre supe que nuestra relación sería temporal.

–Pero el sexo sí te interesaba, claro.

–Una relación sexual es algo temporal a menos que estés buscando matrimonio y, a menudo, también los matrimonios se rompen.

Era algo tan sencillo, tan pragmático... Y, en realidad, tenía razón, pero la enfurecía porque quería sentirse mortalmente herida, quería sentirse justificada.

–Bueno, pero me mentiste.

–Por omisión.

–¡Eso es mentira! –exclamó Bailey–. Me hiciste creer lo que querías que creyese. Se te da muy bien decir lo que los demás quieren escuchar, acabas de demostrarlo.

–Yo diría que esa es una buena cualidad en un líder.

–E importa mucho menos que ser sincero, ¿no? ¿Qué importa si tus palabras hacen feliz a otra persona si luego la destruyes con tus actos? Por ejemplo, dejándome tirada en la nieve esa noche.

–Quedarte tirada en la nieve fue cosa tuya. Yo no te eché de la habitación.

–Caí en la nieve de rodillas, angustiada como nunca, desesperada. Espero que eso te haga feliz.

–No me hace feliz que sufrieras, Bailey, pero no entiendo por qué es culpa mía que tus expectativas fueran poco realistas.

–Tú no aceptas que nada sea culpa tuya –replicó ella.

–Lo que se espera de mí es diferente y, como resultado, vivo mi vida bajo unas reglas diferentes. Y eso no es culpa mía. Llevo un gran peso sobre mis espaldas... alguna ventaja tenía que tener.

–¿Qué ventaja? ¿La sensación de que el mundo entero es una caja llena de regalos que tú puedes elegir para tirarlos después, cuando te has cansado de ellos? ¿La idea de que la gente es desechable? ¿Que todo existe para que tú lo uses y lo descartes cuando quieras? Ni siquiera un príncipe puede ser tan egoísta.

–Entiendo. ¿Y qué ventajas crees que me merezco por cargar con el peso de toda una nación y la gente que vive en ella?

–¿Un seguro dental? –sugirió Bailey, sarcástica–. No sé, pero no tienes derecho a mentir sobre tu identidad.

–Te deseaba –dijo Raphael tomándola por los brazos y empujándola contra la pared en un movimiento súbito y sorprendente. El frío príncipe había desaparecido. De alguna forma, con unas pocas palabras había conseguido volver a convertirlo en un hombre–. Solo pensaba en hacerte mía. Estaba comprometido con otra mujer, sabía que no había futuro para nosotros y, sin embargo, te hice mía porque te deseaba como nunca había deseado a ninguna otra mujer. No soy un hombre que entienda el fracaso, Bailey, no soy un hombre que acepte negativas.

–¿Así que te acercaste a mí como un niño que deseaba un juguete?

Él empujó las caderas hacia delante, la evidencia de su deseo se marcaba a través de la tela.

–No soy un niño y tú lo sabes.

Se inclinó un poco más y Bailey estuvo a punto de derretirse. Su olor, su calor, el roce de sus manos... todo era demasiado maravilloso.

–¿Has sentido alguna vez que te ardía la sangre? ¿Has temido morir si no tenías algo que deseabas más que nada? Cuando te vi, eso es lo que sentí. Nada más que fuego y deseo. No puedo explicarlo... tal vez me porté de una forma poco civilizada, tal vez hice el papel de villano, pero volvería a hacerlo de nuevo sin dudarlo.

–¿Sabiendo cómo terminaría?

Él pareció sorprendido por la pregunta.

–La alternativa era seguir inflamado de deseo y sin poder apagar ese incendio.

Raphael apretó los labios. No sabía qué le pasaba, pero estaba temblando. Y no tenía nada que ver con enfrentarse a una multitud, nada que ver con saber que los ojos del mundo estaban clavados en él. La atención, las deferencias, eran su derecho de nacimiento y lo llevaba como llevaba su propia piel.

Solo una cosa lo había hecho temblar como un niño.

Bailey.

Siempre Bailey.

Desde el primer día.

Lo encolerizaba y lo excitaba en igual medida porque no estaba a su alcance. Nunca lo había estado. Solo había podía tenerla por un momento, lejos de Santa Firenze, en Estados Unidos, casi siempre en una habitación de hotel. Las circunstancias habían vuelto a unirlos, pero ella había dejado claro que no podía tocarla. Incluso le había dicho que podía buscar a otras mujeres.

Pero no había otras mujeres. No las había habido desde el día en que la conoció.

Nunca en toda su vida había hecho nada que comprometiese el futuro de Santa Firenze. Nunca había tenido una amante tan inconveniente. Nunca antes había elegido una mujer del otro lado del mundo a la que solo podía ver una vez cada dos meses. Había pasado todo ese tiempo sin sexo porque ninguna otra mujer lo excitaba.

Una amante existía para dar placer y había encontrado placer entre los brazos de Bailey, pero a un precio muy alto. Ella no se conformaba con un horario, con un momento. Lo quería todo y él no podía dárselo todo.

Habían hecho el amor más veces de las que podía contar y, aun así, lo hacía temblar.

Ella seguía tratándolo como si estuviese por encima de todo aquello, como si pudiera negar la atracción que había entre ellos.

—Estoy ardiendo —le dijo con voz ronca, estrangulada—. Y tú eres como una estatua de hielo.

—Tú has apagado el fuego, Raphael. Es un poco tarde para lamentarlo.

–¿Vas a volver a decir que te dejé tirada en la nieve?

–No es ninguna broma. Una parte de mí murió esa noche, Raphael. La parte de mí que creía que podría ser feliz. Creía en ti, creía en nosotros y tú me robaste eso. Eres un mentiroso y me habrías dejado sola con nuestro hijo de no haber sido por este inesperado capricho del destino.

–Nos conocimos por un capricho del destino –dijo él, soltándola para poner las manos en la pared, a cada lado de su cara–. ¿De qué otro modo podríamos habernos conocido?

–Actúas como si pudieras controlar el mundo entero, pero ¿vas a decir que no pudiste controlar lo que pasó entre nosotros?

–Si hubiera podido controlarlo, no te habría tocado.

–Quéjate al destino, Raphael, no a mí. O, por una vez en tu vida, repréndete a ti mismo.

Bailey intentó apartarse, pero él la sujetó. Sus ojos azules brillaban, furiosos. Sabía que estaba a punto de darle una bofetada, pero no le importaba. Estaba más que dispuesto a devolver el golpe de otro modo.

Apartó una mano de la pared para ponerla en su nuca y se inclinó hacia delante para buscar su boca con la arrogancia que ella decía desdeñar. Pero no lo desdeñó en ese momento; al contrario, estaba deseándolo. Y él lo sabía, dijera lo que dijera. Por mucho que fingiese.

Podía decir que estaba disgustada con él o enumerar todos sus defectos, pero estaba tan encendida como él.

Bailey puso las manos en su torso para empujarlo, pero Raphael no se movió. Al contrario, la empujó contra la pared y cuando intentó zafarse deslizó la lengua sobre sus labios en un movimiento lento, sensual. Y supo el momento exacto en que ella se rindió a esa cosa que bramaba entre ellos como una bestia hambrienta.

Oyó pasos a su espalda y supo que los empleados del palacio estaban apartando la mirada. Le daba igual, podían mirar todo lo que quisieran. Era suya, su princesa. Sería su esposa e iba a ser la madre de su hijo.

«Mía».

Esa era la palabra de la que había sido esclavo desde la noche que la conoció y lo veía en ese momento por lo que era, una profecía. Su capitulación dejaba claro que la tendría de nuevo, que no se resistiría. No podría hacerlo porque tampoco era capaz de contener sus sentimientos.

Aquella pequeña criatura que parecía creerse por encima de él estaba temblando entre sus brazos como una hoja mecida por la brisa. No estaba por debajo de ella, pero pronto Bailey estaría debajo de él.

Empujó las caderas hacia delante, sonriendo ufano al escuchar el suave gemido que escapó de sus labios.

Abandonó su boca un momento para besarle el cuello, las clavículas. Podría desnudar sus pechos allí, en el pasillo, para meterse los deliciosos pezones rosados en la boca, tan dulces como el caramelo. Podría levantarle la falda, liberarse del pantalón y hundirse en ella.

Ninguno de los empleados informaría de lo que había visto porque eran demasiado discretos y ganaban lo suficiente como para no arriesgarse a comprometer su puesto en el palacio.

No sentía ningún pudor. Aquel era su palacio, después de todo. Si quería hacerle el amor contra la pared, era su prerrogativa. Por supuesto, nunca lo había hecho, pero Bailey... la necesitaba. La necesitaba como el agua, como el aire que respiraba.

Levantó una mano para tirar hacia abajo del corpiño, dejando al descubierto un rosado pezón.

–¿Qué haces? –siseó ella, intentando tirar hacia arriba del corpiño–. Hay... gente.

Un empleado pasó a su lado rápidamente, con la cabeza baja, y Bailey se apartó de golpe. Raphael se quedó tan sorprendido que no hizo nada para impedirlo. ¿Qué estaba haciendo? Había perdido la razón.

–Todo lo que ves aquí es mío para hacer lo que quiera con ello. La gente que trabaja aquí no tiene otro propósito más que cumplir mi voluntad y si mi voluntad es tenerte aquí mismo no pienso controlarme por aquellos que viven para servirme.

Bailey lo miró, perpleja.

–Serás arrogante... Si no te preocupan tus empleados, si no te preocupa tu pudor, al menos piensa en el mío. Además, te dije que no volverías a tocarme.

–Puedes dar las órdenes que quieras, pero eso no significa que vaya a obedecerlas. Yo soy la ley aquí y siempre consigo lo que quiero.

–No paras de repetir eso, pero ¿me tienes a mí? –Bailey enarcó una pálida ceja con expresión desafiante. Nadie lo había mirado así nunca, como si fuera algo despreciable–. No –respondió ella misma–. No me tienes, no soy tuya.

Y luego se dio la vuelta y se dirigió al pasillo, dejándolo atónito, dolorido y desesperado, en una situación que no entendía. Le había demostrado su poder, la había presentado a su pueblo, iba a darle un título nobiliario. Había instalado a la ingrata criatura en su palacio, había demostrado que el fuego que había entre ellos no se había extinguido...

Y aun así lo había rechazado. Aun así no había conseguido su objetivo.

Le había ofrecido todo lo que poseía, pero no había conseguido convencerla.

Bailey Harper era un enigma, pero la resolución de ese enigma tendría que esperar. Se habían hecho preparativos para que la boda real se celebrase en dos semanas y vive Dios que se casarían.

En eso, al menos, no fracasaría.

Capítulo 7

ERA sorprendentemente sencillo ser la novia en una boda real. Dado que la ceremonia sería retransmitida por televisión a todo el mundo, Bailey había supuesto que sería mucho trabajo. Aparentemente, solo para el equipo de personas que se encargaban de todo, no para las estrellas del espectáculo.

Sencillo, pero angustioso. Concentrarse en la humillación de ser la novia embarazada de reemplazo era más fácil que recordar la degradante escena que se había desarrollado en el pasillo unas semanas atrás. Habían estado a punto de hacer el amor delante de todos. Raphael había estado a punto de hacerla olvidar su resolución. Pero después se había mostrado distante, circunspecto. Y eso era muy raro porque Raphael nunca era circunspecto. De hecho, tenía la sutileza de un martillo de demolición.

Bailey dio un respingo cuando Raphael entró en el comedor con gesto decidido.

–Buenas noches.

–¿Qué haces aquí?

–¿Así es como vamos a saludarnos a partir de ahora? Se están perdiendo las buenas maneras.

–Llevo dos semanas cenando sola. ¿A qué debo este placer?

–Tenemos que elegir el menú.

–¿No está elegido ya?

–Sí, pero según los gustos de Allegra. He pensado que tú podrías querer que se tengan en consideración tus preferencias.

–Yo... bueno...

En realidad, no. Desearía que nada de aquello tuviese que ver con ella, que fuera impersonal, que pudiera sentirse como una víctima arrastrada a aquella locura. Pero cuando Raphael actuaba como si la tomase en consideración como persona y no solo como un objeto...

No solo como una carga.

Eso la emocionaba. La hacía concebir esperanzas cuando ella quería que cualquier esperanza hubiese muerto.

–Es una tarta, Bailey. ¿Quieres ayudarme a elegirla o no?

–Qué remedio –respondió ella, cruzando los brazos y dejándose caer sobre una silla con gesto agraviado.

–Entrad –dijo él entonces.

Bailey se quedó desconcertada cuando dos empleados entraron empujando dos carritos, uno lleno de elaborados platos de aspecto delicioso y el otro con varias tartas en miniatura.

–¿Qué es esto? –Bailey se mordió los labios para no sonreír, pero no podía disimular que aquello le parecía genial.

–Un menú degustación, para que lo disfrutes.

Tan rápidos como habían aparecido los empleados desaparecieron, dejándola sola con Raphael.

–Una opción vegetariana –murmuró, levantando el tenedor para probar un plato hecho con berenjenas y otras verduras de aspecto desconocido–. Qué moderno.

–Soy generoso y moderno.

Ella soltó un bufido.

–Si tú lo dices.

–Nadie más va a hacerlo.

–No me sorprende –dijo Bailey mientras probaba el plato de verduras, sorprendida cuando los sabores ricos y mantecosos explotaron en su lengua–. Esto está mejor de lo que había esperado.

–Tengo uno de los mejores chefs del mundo a mi disposición.

–En las últimas semanas nada me sabe bien, así que me sorprende poder disfrutar de esto. Pero no sé lo que debo elegir.

–Puedes elegir lo que quieras.

–Muy bien, entonces lo elijo todo.

–Hecho –dijo Raphael. Un empleado volvió a entrar, en esa ocasión con una cafetera–. Para ti, descafeinado. Irá bien con el dulce.

Las tartas tenían diminutas etiquetas: *Chiffon de limón con relleno de frambuesa, Ganache de chocolate con almendra, Tarta de avellana con queso mascarpone...*

–Te garantizo que van a tener que sacarme de aquí rodando cuando termine –bromeó Bailey, mirando de un plato a otro.

–Adelante –la animó él, sentándose al borde de la mesa, con los brazos cruzados.

Ella tragó saliva. Estaba demasiado cerca. Habían pasado dos semanas desde la última vez que se tocaron...

De hecho, había empezado a medir el tiempo en términos del que había pasado desde que Raphael y ella empezaron su relación. Dos semanas desde que se besaron, desde la última vez que la tocó. Tres meses y medio desde que se despidió de él en el hotel, desde la última vez que hicieron el amor.

Y, de repente, todo ese tiempo le pesaba tanto que le costaba respirar. Cuando levantó la mirada, sus ojos se encontraron con los de Raphael.

–Te gusta el chocolate –dijo él, metiendo el tenedor en la densa tarta para ponerlo luego frente a sus labios–. Deberías probar esta primero.

El corazón de Bailey latía acelerado.

–¿No has oído eso de dejar lo mejor para lo último?

–Prefiero tener lo mejor todo el tiempo –dijo Raphael, la intensidad de su mirada la afectaba profundamente–. Abre para mí.

Esas palabras evocaron el recuerdo sensual de otras veces en las que había pronunciado esas mismas palabras, con tono ronco, exigente, cuando estaba de rodillas ante él. Cuando lo único que deseaba era darle placer. Y recibir placer.

Y, como entonces, abrió los labios con avidez.

Los sabores explotaron en su boca: dulces, con notas oscuras y amargas. Era como una metáfora de su relación, decadente, intensa. Y algo a lo que no podía resistirse, aunque debería. Algo que no debía probar, aunque lo deseaba. Todo. Cada mordisco.

Raphael dejó el tenedor y le ofreció la taza de café.

–Para limpiarte el paladar.

–No sé si el café sirve para limpiar el paladar –dijo ella, rozando sus dedos cuando tomó la taza.

Fue como si hubiera sido golpeada por un rayo. ¿Podría volver a tocarlo y no sentir nada? ¿Su piel sería algún día solo otra piel o sería siempre el fósforo que prendía el fuego?

—Esta también es deliciosa –dijo Raphael, ofreciéndole un trozo de tarta de limón–. Y me recuerda a ti.

—¿Por qué?

—Porque es ácida, como tú –respondió él llevando el tenedor a sus labios.

—¿Ahora soy ácida? –preguntó Bailey después de probarla.

—Era una broma. No me pasas ni una. ¿Hay algo por lo que no me obligues a dar explicaciones?

—¿Crees que no tienes que responder de tus propios actos?

—Sí, maldita sea –respondió él, sin poder disimular una sonrisa–. Nadie espera que sea responsable de mis actos.

—A saber cómo habrá sido tu infancia.

—Tuve todo lo que un niño podría querer. Se anticipaban a mis necesidades antes de que yo mismo supiera lo que quería, tenía un equipo de gente dedicado a mí desde el momento que llegué del hospital. En realidad, tuve un equipo de gente desde el propio hospital.

—Es un comienzo muy extravagante.

—He sido extravagante desde que llegué al mundo.

—¿Tu padre te asomó al balcón como el rey león? ¿O como Michael Jackson?

—Fui presentado a la nación cuando cumplí tres días.

—Y todo el mundo te adora desde entonces.

—Por supuesto –asintió él con una arrogante sonrisa–. Aunque no todo eran fiestas y presentaciones. Tuve que aprender a ser fuerte por el país, sin mimos ni caprichos.

—¿En serio?

–En serio, pero ahora tú y yo estamos dándonos un capricho. Prueba la siguiente –Raphael tomó un trozo de tarta entre el índice y el pulgar y rozó sus labios con los dedos–. Abre para mí –susurró.

Bailey lo hizo, como hipnotizada, probando el sabor salado de sus dedos. No podía concentrarse en la tarta porque estaba concentrada en ese momento, en su deseo por él. En esa pequeña conexión que la hacía sentir como si de verdad lo conociese. O que tal vez podría conocerlo. Allí, en el silencioso comedor, con el cielo nocturno tras las ventanas, era difícil recordar por qué estaba tan enfadada.

Aquel banquete, aquella fiesta privada, era más una fantasía que una realidad. Todo lo que había ocurrido durante las últimas semanas había sido una fantasía, pero aquello era diferente, más íntimo, más real.

La hacía sentir como si estuviese partiéndose por la mitad, a punto de hacer algo que había jurado no hacer, pero él estaba allí, tan cálido. Y lo deseaba tanto...

Y estaba poniendo de su parte para darle protagonismo en toda aquella farsa, casi como si entendiera lo que sentía. Como si le importasen sus sentimientos.

–Ya está –dijo él, con los ojos brillantes, deslizándole el pulgar por la mejilla–. Creo haber demostrado que no soy la bestia egoísta que tú crees que soy.

Algo en esas palabras rasgó la neblina en la que Bailey estaba perdida.

–Lo tenías todo planeado.

–Por supuesto.

–Lo has hecho para hacerme creer que te importo.

–He pensado que podría importarte qué clase de menú y qué tarta se sirviera en nuestra boda.

–Eso no significa que te importe.

–Es lo mismo.

—No lo es —insistió ella.

—Creo que tenemos un problema con el lenguaje. Sabía que esto te importaría y, por lo tanto, decidí hacerlo. No entiendo por qué demuestra que soy un egoísta.

—¿Lo has hecho por mí o por ti? ¿O lo has hecho porque sabías que era una forma de manipularme?

—Si el resultado es el mismo, ¿eso importa?

—¡Pues claro que importa! —Bailey se levantó de la silla—. No es suficiente con que sepas cómo tirar de la cuerda. De hecho, es despreciable.

—Sí, claro, ¿Cómo me atrevo? Soy un monstruo. Te he traído a mi casa, te he regalado un nuevo vestuario y te he ofrecido varias tartas nupciales para que elijas. De verdad, los abusos que tienes que sufrir son inhumanos.

—No puedo ser un juego para ti durante el resto de mi vida. No voy a ser un puzle que intentas montar constantemente porque crees que te acostarás conmigo si eres capaz de reunir todas las piezas.

Raphael frunció el ceño.

—No te entiendo —dijo entonces, con un rictus de frustración en su aristocrático rostro.

—Estás jugando conmigo. No haces las cosas para complacerme, sino solo para empujarme a hacer algo que tú quieres hacer. Mis sentimientos no te importan nada.

—Eso no es verdad. Me importa lo que sientas.

—Porque has pensado que me haría caer en tus brazos.

—¿Por qué insistes en ser imposible?

—¿Por qué insistes tú en mentir? ¿Por qué insistes en ser un príncipe? ¿Por qué insistes en no ser lo que deberías ser?

Bailey se dio la vuelta para salir de la habitación, pero él la tomó del brazo.

–Siento mucho que fuera no haya un metro de nieve donde puedas tirarte melodramáticamente. Tal vez podrías quedarte y hablar conmigo como una adulta en lugar de salir corriendo como una niña.

–No soy una niña –replicó ella–. Como tú sabes muy bien.

–Pero tienes pataletas como una niña.

–Es mi única forma de control.

–Me has hecho organizar menús y tartas en miniatura. ¿Eso no es controlarme, Bailey? ¿Me obligas a pasar por el aro para conseguir algo que no sea una expresión ácida y dices que no tienes control?

–¿Qué te cuesta a ti? ¿Qué te ha costado hacer esto? –le preguntó ella. Raphael no respondió, se quedó mirándola con sus ojos oscuros, inescrutables–. Lo sabía –dijo luego, antes de dirigirse a la puerta.

–No sé adónde quieres llegar –dijo Raphael cuando estaba casi en el pasillo.

Bailey se dio la vuelta.

–Actúas como si te molestase tener que ser considerado conmigo, algo que iba a beneficiarte a ti de todos modos. Los cocineros han hecho todos estos platos, no tú, que solo has tenido que pedirlos. No me has dado nada que te haya costado algo. Todo lo has hecho pensando en ti mismo.

–Si solo te importan las razones que hay tras mis actos y no los propios actos, nunca nos entenderemos. No sé por qué importan mis motivos.

–Mi madre se encargó de mi manutención, pero dejó claro cada día que era una carga para ella. ¿Crees que eso no me importaba?

–Me imagino que sí –asintió él–. Pero yo tengo una responsabilidad, soy quien soy.

–¿Una piedra?

–Tal vez –respondió él, con tono seco–. Pero es lo que hay, es lo que necesita mi país y es lo que necesita nuestro hijo. Uno de los dos tiene que ser firme. Yo estoy educado para soportar tormentas, crisis, cualquier cosa que pueda pasarle a mi país. Tengo que cumplir con mi deber y hacer sacrificios. Soy duro como una piedra porque es una cualidad esencial en un líder. Soy todo lo que debo ser y no voy a disculparme por ello.

–No me interesan tus disculpas porque no lo harías de corazón –replicó Bailey antes de darse la vuelta, furiosa.

Se le ocurrió entonces que tal vez estaba exagerando, pero le daba igual. Había sido manipulada por Raphael desde el primer momento y todo lo que hiciera resultaba sospechoso.

Todas las cosas que le había dicho desde que llegó al palacio se agolpaban en su cerebro, en su garganta, impidiéndole respirar.

Era inapropiada, estaba por debajo de él.

«Pero arde de deseo por ti, él mismo lo ha confesado».

Ese traidor pensamiento era como un ascua que se negaba a apagarse, pero debía mantener la cabeza fría porque no quería ser víctima de sus maquinaciones.

En dos semanas sería su esposa. Todo sonaba tan definitivo, tan concluyente... Sí, en Santa Firenze existía el divorcio, pero dudaba que esa fuese una opción cuando Raphael había dejado claro que nadie de su familia se había divorciado.

Estaba atada a él y no iba a dejarla escapar.

Suspirando, se asomó a una ventana. El paisaje era precioso, reluciente, interminable. Tenía la sensación de que podría confundirse con él, desaparecer, pero sabía que no podía hacerlo. Él tenía un ejército, ella no tenía nada, ni siquiera un pasaporte. No la dejarían salir del país.

Una repentina sensación de impotencia le cerró la garganta. Se acercaba el día de la boda, quisiera ella o no.

Ya le habían puesto los grilletes, pero, cuando aquello terminase, sería una princesa encadenada y no una plebeya.

Eso era lo único bueno que iba a sacar de todo aquello.

Capítulo 8

EL DÍA de la boda amaneció con un cielo limpio y claro y Bailey sintió que estaba burlándose de ella.

Hubiera deseado escapar a las montañas, a pesar de que el embarazo empezaba a notarse, a pesar de que no podía escapar de Raphael. La lógica empezaba a importar cada día menos y solo existía una persistente desesperación.

Lo único que podía hacer era mantenerse serena, recordar que aquello era un acuerdo entre los dos. Tendría que encontrar su sitio, pero no iba a ser su mujer. Sobre eso estaba decidida. Ella tenía su orgullo y debía proteger su corazón. Aunque no pensaba quedarse de brazos cruzados. La maternidad ocuparía gran parte de su tiempo, pero tal vez podría hacer otras cosas.

Estaba a punto de conseguir un título universitario porque le había parecido un objetivo importante y su idea había sido montar su propia empresa, pero no sabía cuál era el cometido de una princesa, con un título universitario o sin él. En cualquier caso, por el momento no iba a terminar la carrera. Había estado tan angustiada desde que llegó al palacio que esa no era una de sus prioridades. De hecho, se limitaba a sobrevivir y a hacer lo que le pedían.

Algún día retomaría sus estudios, pero por el momento tenía que concentrarse en la boda.

En los últimos días la habían maquillado y peinado varias veces para elegir el estilo apropiado y se había probado el vestido de novia más veces de las que quería recordar para que el diseñador pudiera disimular su dilatada cintura.

El anuncio del embarazo tendría que esperar hasta después de la boda y entendía por qué. No podían ocultar que estaba embarazada, pero una vez que estuviesen casados el público lo aceptaría con más ecuanimidad.

Presentar un *fait accompli* era definitivamente uno de los métodos favoritos de Raphael. De hecho, era lo que hacía siempre.

«Mentiroso».

Recordó entonces esa primera noche, cuando la pasión la había llevado a su cama solo un par de horas después de conocerse. Y le había contado la verdad, que era virgen, y él no la había presionado.

Entonces le había parecido tan diferente... Sí, tenía visos de la misma arrogancia que veía en ese momento y sí, le gustaba salirse con la suya, pero no era tan duro ni tan autoritario.

Miró a su alrededor mientras las mujeres que la habían ayudado a ponerse el vestido de novia seguían poniéndole flores en el pelo.

En Colorado, Raphael no era un príncipe. Bueno, lo era, pero ella no lo sabía. Todo aquello, el enorme palacio, el país entero, eran sus dominios, algo que él le recordaba a menudo. Pero solo entonces entendió la enormidad de tal afirmación.

Era algo más que el lujoso palacio. Eran las generaciones que habían vivido en él, el linaje que había gobernado aquel país desde... no sabía cuántos siglos, pero sabía que eso estaba grabado en el corazón de Raphael. Porque, por insufrible e impertinente que fuera, no tenía la menor duda de que Santa Firenze era lo más importante para él.

Cuando una de las mujeres le puso al cuello un collar de diamantes, el peso le resultó insoportable. Era tan pesado que casi la ahogaba.

Bailey Harper, nacida en Nebraska, estaba a punto de entrar en un mundo que no era para alguien como ella. Raphael lo sabía y llevaba una carga extra por ello.

Su linaje familiar se remontaba a siglos atrás, el suyo a un garaje en medio de ninguna parte, donde su madre se había acostado con un hombre al que no conocía y al que nunca volvió a ver.

Eso la hacía sentirse pequeña, desarraigada y perdida.

De repente, se sentía incapaz de seguir adelante. Y no tenía nada que ver con ser su mujer o compartir su cama, algo que estaba decidida a no hacer, sino con el hecho de que iba a ser un símbolo para su país. Aquel país cuya existencia desconocía hasta un mes antes.

Podía entender que hubiese elegido a otra mujer y que hubiera intentado dejar su relación en Colorado, donde al menos tenía sentido.

Bailey tomó aire, intentando calmarse, cuando la puerta del dormitorio se abrió.

—¿Está preparada, Alteza? —preguntó uno de los ayudantes personales de Raphael.

Era la primera vez que la llamaban «Alteza» y no estaba preparada. Seguramente no lo estaría nunca, pero iba a ocurrir de todas formas.

–Sí –respondió, tragando saliva–. Sí, estoy preparada.

La iglesia estaba abarrotada y en el exterior se habían reunido miles de personas para ver al príncipe de Santa Firenze reclamar por fin a su princesa.

Raphael estaba ante el altar, observando el tradicional entorno. En esa iglesia se habían casado muchas generaciones de su familia. Generaciones de alianzas políticas. Eso era lo que su matrimonio con Allegra debería haber sido, un matrimonio de conveniencia para aliarse con una de las familias más antiguas de Italia. Siempre era mejor llevarse bien con los vecinos y él había pensado hacerlo gracias a su mujer.

Pero allí estaba, dispuesto a convertirse en la primera persona de su familia que se casaba por algo que no fueran razones políticas. Tal vez Bailey tenía razón, tal vez había habido otros hijos ilegítimos escondidos bajo la alfombra, pero cada matrimonio de los De Santis había tenido importancia política.

Salvo aquel. Salvo su matrimonio con Bailey.

Se preguntó entonces qué diría su padre si estuviera vivo. ¿Se habría llevado una decepción?

Intentó apartar de sí ese pensamiento. Su padre habría entendido que aquello era lo que debía hacer. Ya no era fácil ocultar a los hijos ilegítimos porque todo el mundo tenía una plataforma gracias a Internet. Habría sido fácil para Bailey contarle al mundo que estaba embarazada del príncipe de Santa Firenze, montar un escándalo y ensuciar su apellido y a su país.

Sí, su padre habría entendido la necesidad de ese matrimonio porque estaba haciendo lo que debía.

Además, en cualquier caso su matrimonio con Allegra no habría tenido lugar.

Sí, aquello era lo más razonable.

Cuando las puertas de la iglesia se abrieron y la música del órgano empezó a sonar, el ritmo de su corazón se aceleró también.

Era como un ángel. Un ángel con una boca hecha para el pecado.

Bailey dio un paso adelante y todo en él se paralizó. El vestido flotaba sobre sus curvas, pero era evidente para él que estaba embarazada. La suave gasa del vestido se ajustaba al ligeramente hinchado abdomen y sus pechos eran más grandes que unos meses antes, pero nadie más que él sabía eso.

Porque era suya.

Durante las últimas semanas había hecho todo lo posible por no fijarse en ella. Apenas habían hablado, apenas se habían mirado cuando se cruzaban por los pasillos. Ella parecía conforme de ese modo y él no estaba dispuesto a romper el silencio. Se había negado por orgullo. No iba a humillarse ante aquella mujer.

Una nación entera se rendía ante él y maldita fuera si iba a doblegarse por aquella pequeña rubia.

Y, sin embargo, mientras la veía acercarse al altar por el pasillo de la iglesia solo podía pensar en una palabra. Esa palabra que se repetía en su mente cada vez que la miraba.

«Mía».

Después de aquel día de verdad sería suya legalmente, pero también estarían atados por promesas tan antiguas como aquella iglesia. Ella le haría promesas allí, en el sitio donde todos los hijos de la familia real eran bautizados, donde todas las parejas reales habían contraído matrimonio.

Él era un hombre práctico y no creía en misticismos. Sin embargo, sentía que hacer las promesas matrimoniales debía tener algún peso, que había algo de verdad vinculante en los muros de piedra que habían sido testigos de tantas ocasiones solemnes.

Todos esos pensamientos daban vueltas en su mente, pero uno de ellos se repetía sin cesar.

«Mía».

Bailey caminaba con la cabeza alta y podía ver que le brillaban los ojos, que estaba intentando contener las lágrimas. Bailey, su Bailey, incapaz de disimular sus emociones. Era testaruda, temperamental y tan auténtica que resultaba difícil enfadarse con ella. Había tanta convicción en sus palabras...

Pero su país no requería convicción, sino una cabeza fría y cualidades de líder. Eso era todo lo que necesitaba y él cumplía con ello sin igual. Aun así, ella seguía poniendo peros y encontrando faltas. Su Bailey. Nadie más le había dicho nunca algo negativo.

Todos los demás lo adoraban.

En sus ojos azules no veía adoración ni deferencia, sino un reto, una voluntad de acero, una ira que se negaba a extinguirse y un deseo que, a pesar de todo, no podía disimular.

Vio a una mujer que era sin duda un valor para su país. Lo bastante fuerte como para ser la princesa de Santa Firenze, lo bastante fuerte como para tomar decisiones. ¿Cómo podía haber pensado que no era adecuada? Lo era. Una mujer de creencias firmes, de profundos sentimientos y convicciones morales.

Le importaría tanto su país como a él, sabía que sería así. Sabía que le daría a Santa Firenze tanto como él y más. Aunque solo fuera para demostrar que estaba equivocado. Tal era su obstinación.

Y en ese momento le pareció un tesoro.

Sabía que había tenido que trabajar mucho para pagarse los estudios, que había tenido que ahorrar hasta el último céntimo y luchar para conseguir todo lo que había conseguido partiendo de cero.

¿Cómo podía haberle dado a eso menos valor que a su propia vida?

Cuando llegó a su lado, tomó su mano con ternura mientras escuchaba las palabras del sacerdote. Y cuando llegó el momento de hacer las promesas matrimoniales habló sin vacilación. Él no era un hombre blando ni propenso a romanticismos, pero sí era un hombre que entendía la importancia del compromiso. Un hombre que cumplía su palabra. No la daba con facilidad y no se la había dado antes de llevarla allí, pero iba a dársela en ese momento y eso significaba que su compromiso estaría grabado en piedra.

—Prometo unirme a ti de por vida —empezó a decir, su voz resonó en aquel santuario—. Seré solo para ti, me comprometo contigo en cuerpo y alma hasta que la muerte nos separe.

Hablaba con total sinceridad. Bailey sería su mujer en cuerpo y alma. No podría volver a tocar a otra, nunca. Había sido así desde el momento en que la conoció; un momento tan profundamente impreso en su alma como la pasión que se había apoderado de él.

«Mía».

Era suya y de nadie más.

Ella repitió las mismas palabras, pero con la mirada baja. Y Raphael se dio cuenta de que la certeza que él sentía hasta el alma no era compartida por ella.

No podía ser así. Bailey era suya y de nadie más. Se había atado a ella, le había dado su palabra y la mantendría.

Y entonces el sacerdote anunció que podía besar a la novia.

Raphael le levantó la barbilla con un dedo para besarla como si quisiera dejar una marca. Como si estuviera intentando estampar esa misma marca en su alma.

Cuando se separaron, ella tenía los ojos brillantes y respiraba con dificultad. Y, cuando los invitados empezaron a aplaudir, Raphael se inclinó hacia delante y le dijo al oído:

–Eres mía –susurró–. Y he decidido que tendré mi noche de bodas.

Era absolutamente imposible concentrarse en el banquete, en la tarta de chocolate que Bailey había elegido o en los deliciosos platos que habían servido antes. Era difícil hacer algo más que sonreír mientras los invitados le decían lo contentos que estaban de que fuera a ser su princesa.

Las voces eran un murmullo ininteligible, los sabores, insípidos porque en lo único que podía pensar era en las palabras de Raphael. No en sus palabras de compromiso, sino en esa promesa carnal que había hecho solo para sus oídos.

Que tendría su noche de bodas.

Había decidido no acostarse con él y estaba convencida de que Raphael lo entendía. Al fin y al cabo, apenas habían intercambiado dos palabras en las últimas dos semanas. ¿Por qué iba a creer que algo había cambiado?

No sabía qué pensar, estaba desconcertada y solo habría deseado que aquel banquete fuese interminable. Le hubiera gustado que no acabase nunca para no tener que estar a solas con su marido.

«Su marido».

Había estado ante toda una nación, ante el mundo entero en realidad, y le había hecho promesas a aquel hombre que tendría que cumplir.

Era su prisionera, lo había sido desde que subió a su avión privado. Tal vez desde el momento en que tomó su mano en la puerta del restaurante, la noche que lo conoció.

El matrimonio solo era una formalidad.

Se había engañado a sí misma al creer que podrían negociar, que él entendía su visión de la situación. Evidentemente, todo había sido un engaño para darle una falsa sensación de seguridad.

O tal vez para evitar que le gritase cada día durante esas últimas semanas.

Cuando lo miró a los ojos, su corazón aleteó como un pájaro en su jaula, desesperado por escapar. Si pudiera salir volando de aquel sitio, lejos de aquel hombre tan devastador. Si pudiera salvaguardar su corazón tal vez no sufriría. Al fin y al cabo, disfrutaba del sexo con Raphael.

Bailey apretó los labios. Esa era una insípida descripción de lo que representaba estar con él. No era solo algo físico, nunca lo había sido. Era asombroso y le daba un placer que no había conocido nunca, pero no terminaba ahí. Para ella, no.

Se había sentido conectada con él desde la noche que lo conoció y cuando sus cuerpos se unieron sintió que todo tenía sentido. Como si hubiera descubierto piezas escondidas de sí misma que hacían que todo lo demás cayera en su sitio.

No podía separar eso de lo que sentía por él.

Fuese ira o amor, siempre había habido algo más grande que ella.

Lo había amado antes con desesperación. Había estado dispuesta a pasar el resto de su vida con él, pero de repente tuvo que enfrentarse al hecho de que un desconocido le había roto el corazón.

Había amado al hombre que conoció en Vail, pero no sabía lo que sentía por aquel otro hombre, el príncipe con el que acababa de casarse. Aquel hombre que era, tristemente, la realidad del amante que solo había sido una fantasía.

Se sentía como una tonta por haber creado tal intensidad de sentimientos por alguien con quien había pasado tan poco tiempo, por haberse enamorado de un hombre que era una ficción. El auténtico Raphael, el hombre con el que se había casado, era alguien que nunca la amaría, alguien que solo era capaz de pedir y recibir, nunca de dar.

Y entonces llegó el momento de la tradicional despedida, con los invitados lanzando arroz en la puerta del gran salón donde había tenido lugar el banquete. Bailey intentó sonreír, intentó parecer una novia feliz, pero no podía hacerlo. Era imposible cuando los brazos y las piernas le pesaban como plomo.

Él tomó su mano para llevarla al jardín y el aire fresco de la noche pareció borrar los acontecimientos del día.

Pero solo por un momento.

Cuando entraron de nuevo en la zona privada del palacio, Raphael se detuvo y la miró a los ojos.

—Este es tu hogar ahora —le dijo—. Es parte de ti.

Ella miró a su alrededor, con el pulso acelerado.

—Y pensar que mi mayor aspiración era tener una casita agradable en un bonito vecindario.

—Bueno, míralo de este modo. No tendrás que soportar una comunidad de vecinos —bromeó Raphael.

–Solo a legiones de empleados y a un marido que cree que gobierna el mundo entero.

–Solo un país –respondió él, inclinando la cabeza para mirarla a los ojos–. Vamos a la cama.

–Ya te dije que no... que eso no podía ser...

Algo cambió entonces en su expresión. Era como si hubiese pulsado un interruptor y el último vestigio de civismo hubiera desaparecido de su rostro.

Parecía salvaje, primitivo.

Un predador que quería clavar sus zarpas y sus colmillos en ella.

–Ya sé lo que dijiste, pero he hecho promesas ante mi país, ante mis ancestros. Y, por mi parte, pienso cumplirlas. Puede que tú no me quieras como marido, pero yo voy a hacerte mi mujer.

Cuando la tomó en brazos para dirigirse hacia la escalera, Bailey se quedó tan sorprendida que no pudo protestar. Y supo entonces que no había vuelta atrás, porque una vez que Raphael tomaba una decisión era imposible disuadirlo.

Se agarró a él hasta que llegaron a su dormitorio, un sitio que no había visto antes. Raphael entró con ella en brazos, como lo hubiera hecho un novio enamorado en su noche de bodas.

Y, cuando la dejó en el suelo y cerró la puerta, el sonido le pareció irreversible, definitivo.

Raphael se volvió hacia ella con expresión ansiosa.

–Y ahora –le dijo, dando un paso adelante–, serás mía.

Capítulo 9

B AILEY miró su rostro, buscando un brillo calculador en sus ojos, alguna indicación de que aquello era parte de su plan.

Pero no había nada. La fría sofisticación había desaparecido. No era el hombre al que había conocido en Estados Unidos y tampoco el príncipe. Era otra persona, alguien extraño y familiar al mismo tiempo.

Raphael dio un paso adelante, en sus ojos brillaba una llama llena de oscuras emociones: rabia, deseo.

Miedo.

De él mismo o de ella, no lo sabía.

En realidad daba igual porque una respuesta no cambiaría nada. Y no cambiaría lo que estaba a punto de pasar. Bailey dio un paso atrás, dejando que avanzase hacia ella.

Raphael alargó una mano para tomar el delicado cuello del vestido y tiró de él, rasgando la fina tela, abriendo el corpiño por las costuras y dejando al descubierto el sujetador blanco que llevaba debajo.

Bailey dejó escapar un gemido mientras se apretaba contra la pared.

–¿Es así como vas a mirarme a partir de ahora, como si fuera tu enemigo? –Raphael tomó su cara entre las manos y deslizó el pulgar por su delicada piel–. ¿Como si no me conocieras? ¿Como si no conociera yo cada centímetro de tu cuerpo?

–Entonces era diferente –dijo ella con tono ahogado–. No te conozco, ya no. El hombre al que conocí en Colorado, el que pensaba que eras, no existe. Y no voy a acostarme con un desconocido.

–¿Un desconocido? –repitió él, inclinándose para besar su cuello con labios ardientes y tentadores–. ¿Sabría un desconocido que, si te toco aquí –preguntó, deslizando una mano sobre sus pechos–, empezarías a temblar?

El traidor cuerpo de Bailey hizo exactamente eso. Temblaba bajo su roce, trémula, excitada. Era suya y él lo sabía. El muy canalla lo sabía.

–¿Sabría un desconocido –siguió Raphael– que si te besara así estallarías de deseo?

Deslizó la lengua por su cuello y Bailey estalló de deseo sin poder evitarlo. Le avergonzaba ser tan transparente, pero no podía hacer nada.

–Eres un canalla. Me conoces demasiado...

–Eso da igual, *amore mio*. Solo me importa esto –Raphael besó la comisura de sus labios y Bailey sintió como un relámpago entre las piernas.

–No...

Raphael le levantó la barbilla con un dedo para mirarla a los ojos.

–¿Qué hace falta, Bailey? ¿Qué tengo que hacer? Ya me he rebajado admitiendo que me vuelves loco, que no he sido el mismo desde el día que te conocí. Te he confesado todo eso y no es suficiente. ¿Qué más hace falta?

–Na-nada –respondió ella, la mentira sabía amarga en sus labios–. No puedes hacer nada.

–¿Quieres que te suplique? –le preguntó él con un tono cargado de desdén–. ¿Es eso lo que quieres? ¿Mi esposa, una camarera, cree que se merece que me rebaje de ese modo?

–No me merezco menos que absoluta contrición del hombre que me abandonó cuando estaba embarazada. El hombre que no hubiera sabido que iba a tener un hijo de no haber sido por las circunstancias.

Y eso no era mentira.

–La contrición no es gratuita –respondió él, mirándola con ojos penetrantes–. Tal vez deberías recordarme lo que me gustaba de ti entonces, porque en este momento me cuesta recordarlo.

–O tal vez puedes irte a tu habitación y buscar consuelo con tu propia mano. No soy un objeto que puedas utilizar, soy una mujer. Tu mujer. No puedes tratarme como si fuera algo que tomas y dejas a voluntad para luego tirarlo cuando te has cansado.

Raphael se puso de rodillas ante ella y tiró de la falda del vestido hasta que acabó en el suelo.

Bailey se quedó sin aliento.

–Entonces, ¿quieres que te suplique?

–Yo no he dicho eso.

–Quieres que suplique para estar con mi esposa. Muy bien. Entonces, que así sea –Raphael la miró con expresión seria y luego, sin decir una palabra más, agarró la cinturilla de sus bragas blancas de encaje y tiró de ellas hasta dejarlas alrededor de sus rodillas–. Considera esto una súplica.

–Raphael...

No pudo seguir hablando porque él agarró sus caderas y se inclinó hacia delante para hundir la cara entre sus muslos.

–He soñado con esto tantas veces... –murmuró–. He soñado contigo.

Empezó a deslizar la lengua sobre los húmedos

pliegues y ella, temblando de placer, tuvo que agarrarse a sus hombros.

¿De verdad era tan débil?

Su lengua creaba una perversa magia que recorría su cuerpo como un oscuro encantamiento.

Quería ponerse a llorar por lo débil que se sentía, porque estaba fallándose a sí misma, pero se dio cuenta de que quería que la sedujera, quería someterse para decirse a sí misma que él tenía el poder, para absolverse de cualquier pecado, de cualquier sentimiento de culpabilidad.

«Tú deseas esto. Lo deseas a él».

Cerrando los ojos, levantó los brazos para apoyar las manos en la pared y empujar con todas sus fuerzas, como si estuviera liberando así su sentimiento de culpabilidad.

Su corazón se había vuelto loco y cada latido de su pulso la llamaba mentirosa mientras Raphael seguía haciéndole perder la cabeza, inflexible en su exploración. La conocía tan bien...

Deslizó los dedos por los húmedos pliegues e introdujo uno en su interior mientras seguía asaltándola con su experta lengua.

Bailey no se había permitido el placer a sí misma desde que la dejó, como un castigo a su estupidez. Y cuando llegó al palacio se lo había negado porque solo estaría imaginándose a Raphael.

Estaba tan tensa que haría falta muy poco para partirla en dos y él lo sabía. Sabía que estaba húmeda por él, que sus músculos internos se cerraban a su alrededor mientras seguía dándole placer con los dedos y la lengua. Sabía lo cerca que estaba del precipicio.

Esa humillación debería haber hecho que se apartase, pero llevaba su excitación hasta un límite imposible.

–Raphael... –susurró–. No puedo...

–Sí puedes –la interrumpió él, su aliento ardía como una llama–. Y lo harás. Ten un orgasmo para mí, Bailey.

Era una orden, como si él y solo él tuviese el dominio sobre su cuerpo. Como si supiera que ella no era capaz de resistirse.

Y tenía razón.

Sus palabras la empujaron por el precipicio, lanzándola hacia el fondo del abismo. Y una vez allí, se rompió. Se convirtió en mil pedazos relucientes de placer y de un glorioso alivio que la hacía sentirse ingrávida, libre. Por primera vez desde que su vida se desmoronó, se sentía libre.

Se sentía ella misma.

Como si hubiera liberado algo que ella había aplastado sin compasión, avergonzada.

Y luego, de repente, Raphael estaba delante de ella, reclamando su boca con el sabor de su deseo en los labios. Carnal, salvaje.

Volvió a tomarla en brazos para depositarla sobre la cama y se le disparó el corazón mientras observaba los largos dedos masculinos desabrochando los botones de la camisa, quitándose la corbata, desembarazándose de los últimos vestigios de civismo.

Ansiosa, se bebió esa imagen como si no hubiera encontrado alivio unos segundos antes.

A la tenue luz de la lámpara, sus músculos parecían más marcados que nunca, los abdominales, impresionantes. Bailey estaba sin aliento, atrapada por el deseo, como lo había estado desde el principio.

No pensaba en las consecuencias, ni en la supervivencia. ¿Para qué? Podía vivir una vida contenida, pero no sería ella misma. Estaría aplastada y escondida, a salvo, pero sin ser acariciada. Como un libro que nadie hubiera leído.

Lo observó, transfigurada, mientras deslizaba el cinturón por las trabillas del pantalón. Y cuando levantó la cabeza para mirarlo a los ojos sintió que la quemaba por dentro, hasta el alma. No era suficiente que tuviese el control sobre su cuerpo, parecía exigirlo en todo lo demás.

Nada más podía esperarse de Raphael. Su arrogancia no tenía límites, ¿por qué iba a tenerlos en el dormitorio?

Bajó la mirada de nuevo y, en esa ocasión, se quedó transfigurada por el tamaño del bulto que se adivinaba bajo el pantalón; la prueba evidente, y casi aterradora, de su deseo por ella.

Había olvidado el poder que tenía sobre él. ¿Cómo había ocurrido? ¿No lo había demostrado cuando cayó de rodillas? Raphael le había demostrado a cada momento que tenía poder sobre él y, sin embargo, Bailey se había centrado en su propia impotencia.

Y, de repente, fue como si hubiera tenido una revelación.

Alargó los brazos hacia atrás para quitarse el sujetador y tiró la insustancial prenda al suelo, arrodillándose ante él sobre la cama, completamente desnuda. Se negaba a esconderse, se negaba a cubrirse.

Se negaba a sentirse avergonzada.

No tenía nada que ver con Raphael o con lo que la hacía sentir, sino consigo misma. Había estado atada por el miedo al fracaso, por el miedo de que desear a Raphael, o a cualquier hombre, la llevase a la destrucción. El miedo a ser menos persona, a terminar siendo como su madre.

Se había alejado de los hombres por orgullo, pero el orgullo no le daba calor por las noches y nunca la haría sentirse feliz y realizada. Y tal vez Raphael tampoco. Tal vez aquel era solo el camino a la perdición.

Pero lo deseaba. Y él la deseaba también, era indudable.

Y eso era suficiente por el momento.

—Me has hecho esperar demasiado tiempo –dijo él con voz ronca mientras se quitaba el pantalón.

Bailey se quedó sin aliento. Había pasado demasiado tiempo desde la última vez que lo vio desnudo. Por supuesto, el cuerpo de Raphael había quedado grabado en su cerebro, provocando fantasías que no la dejaban en paz cuando necesitaba desesperadamente que así fuera.

Pero una fantasía no era lo mismo que estar tan cerca de él que podía tocarlo, saborearlo.

Poniendo las manos sobre sus hombros desnudos, se inclinó para besar su torso y notó que los músculos se encogían bajo sus labios, incluso que se echaba un poco hacia atrás como si lo hubiera quemado.

Ah, sí, tenía poder sobre él.

Mordisqueó su mentón y trazó su forma con la punta de la lengua antes de deslizarla entre sus labios, repitiendo lo que él había hecho entre sus muslos unos segundos antes.

Él envolvió un brazo en su cintura y la empujó contra el colchón. La besaba apasionadamente, sin darle cuartel, sin delicadeza. Pero no le importaba, no era eso lo que necesitaba. Quería que perdiese el control como cuando entraron en la habitación. Saber que Raphael perdía el control con ella hacía que la esperanza floreciese en su pecho.

Aquello no era calculado, no tenía nada que ver con la cata de tartas de unas semanas antes. No estaba haciéndolo para manipularla, sino porque no tenía alternativa, porque ya no podía controlar nada.

Notó su erección entre las piernas, deslizándose

sobre sus húmedos pliegues, pero no quería terminar así. Necesitaba que la llenase, lo necesitaba dentro de ella.

Estaba a punto de decirlo, aunque temía que esas palabras le costasen más de lo que estaba dispuesta a pagar.

–Te deseo –musitó–. Te quiero dentro de mí.

Él dejó escapar un gemido que era entre una súplica y una blasfemia mientras la punta de su erección empujaba contra la entrada de su cuerpo, como probándola, despacio, con todo cuidado, como la primera vez.

Se le llenaron los ojos de lágrimas. No quería ternura; lo quería fiero, ardiente y rápido. Quería satisfacer a la bestia que había dentro de ella.

Bailey deslizó las manos hasta su trasero, sujetándolo con fuerza y urgiéndolo dentro de ella. Gimió cuando la llenó del todo, completamente, casi hasta el punto del dolor.

Y lo disfrutó como nunca.

Raphael la miró entonces, tenso, con los tendones del cuello marcados por el esfuerzo que hacía para controlarse. Le encantaba ver cuánto lo afectaba, saber que no estaba sola en esa locura.

Le había mentido, había traicionado su confianza, pero era real, sincero. Aún no sabía bien quién era Raphael, no sabía cuándo terminaba el hombre al que había conocido en Colorado y empezaba la realidad del príncipe.

No lo sabía y tampoco si lo descubriría algún día, pero aquel encuentro de sus cuerpos, aquella intensa conexión entre los dos era sincera. Igual que lo había sido entonces. En la cama no le parecía un desconocido.

Conocía su alma profundamente, entendía su sinceridad con cada embestida. Aquello era real, puro, y haberse sentido avergonzada de sus sentimientos le parecía un error.

Estaba exultante. Nada le había parecido bien en esos meses, pero aquello era perfecto.

Estaba atrapada, envuelta en oleadas de placer que la elevaban una y otra vez, y, cuando Raphael se derramó dentro de ella, con el cuerpo sacudido por los espasmos, el orgasmo la dejó sin aliento.

Cuando terminaron, con sus jadeos haciendo eco en la habitación, solo quedó una profunda sensación de algo definitivo, irreversible. Ya no tenía que preguntarse si él seguiría intentándolo y ella resistiéndose.

Estaba hecho y sabía que no había vuelta atrás, pero se preguntaba por qué había querido hacerlo. Raphael era el único hombre al que había deseado en toda su vida. Daba igual que pensara que era un empresario o supiera que era un príncipe. Daba igual que fuese en Estados Unidos o allí.

Aquello era lo que su corazón deseaba, más que nada en el mundo. Tenía derecho a sentirse desolada por cómo la había tratado, pero se habían casado y ella seguía aferrada a su ira.

La ira era un escudo destructor. Había querido alejarlo por orgullo, por miedo a resultar herida. Había estado dispuesta a perder algo que deseaba con toda su alma mientras se flagelaba por haber sido tan ingenua.

Pero, si iba a vivir con él, a criar un hijo con él y a ser su mujer, tendría que dejar atrás el pasado y pensar en el futuro.

Bailey respiró su aroma mientras le echaba los brazos al cuello, decidida a olvidarse de todo lo demás.

Capítulo 10

CUANDO Raphael se despertó por la mañana había una mujer entre sus brazos. Y eso era algo trascendental porque había pasado mucho tiempo desde la última vez. Miró a su alrededor y vio un vestido de novia rasgado en el suelo, como una polilla a la que hubiesen arrancado las alas.

Entonces lo recordó todo. Recordó haber empujado a Bailey contra la pared, recordó haberle arrancado el vestido para besarla, liberando la rabia contenida y el deseo que bramaba dentro de él como un animal salvaje.

Sí, de repente lo recordaba todo.

Se sentó en la cama y, al hacerlo, despertó a Bailey, tan pegada a él que era imposible respirar sin que ella lo notase.

Cuando vio sus ojos azules, una oleada de anhelo le encogió el corazón. No sabía lo que eso significaba. Estaba allí, desnuda, de modo que no había nada que anhelar. Lo tenía todo.

Aquella mujer, que era su esposa, aquel palacio que era su reino. No había nada más, ninguna razón para el vacío que sentía en su interior.

Y, sin embargo, persistía.

—Buenos días —murmuró Bailey.

—¿Lo son? —preguntó él con sequedad.

Saltó de la cama para cruzar la habitación y se inclinó para examinar los daños del vestido.

–Es un poco tarde para lamentarlo –dijo ella, sentándose en la cama y cubriéndose los pechos desnudos con la sábana. Tenía las mejillas rojas, los labios un poco hinchados. No recordaba cuántas veces le había hecho el amor, desesperado por saciar un deseo que se había convertido en fiebre.

Bailey llevaba las marcas de su pasión, de su egoísta desesperación. Como el vestido.

–Nunca es demasiado tarde para las lamentaciones. De hecho, tú me has demostrado en el último mes cuánto lamentas nuestra relación y estoy empezando a pensar que podrías tener razón.

Bailey frunció el ceño.

–Entonces, nada ha cambiado.

–Anoche no era yo mismo.

–Sí lo eras. Pensabas que tenías derecho a algo que yo no te daba y reaccionaste como era de esperar en ti.

–Dijiste que me deseabas –le recordó él.

–Sí, es verdad. Te he deseado desde el momento que fuiste a buscarme. Esa no es la cuestión.

–Entonces, ¿cuál es? –Raphael se acercó con el vestido en la mano–. Porque para alguien que dice desearme, disimulas muy bien.

–No quiero ser un parche para tu ego herido y tampoco un reto para tu orgullo masculino. Eso es lo que digo. Eres un hombre acostumbrado a tener todo lo que quiere, pero yo no quiero ser solo una cosa más. Quiero significar algo para ti.

–Quieres costarme algo, ¿no? Eso es lo que dijiste el otro día, que mi gesto con las tartas era vacío porque no me costaba nada.

–Tú me has costado mucho, Raphael. No creo que

sea exageradamente egoísta desear que tú también me entregues algo de ti.

–¿Crees que no me has costado nada? He jurado no volver a tocar a otra mujer.

–Eso es lo mínimo que se pide en un matrimonio.

–Soy la primera persona de mi familia que se casa con una plebeya. He quebrantado siglos de tradición, Bailey. Tú no tienes contactos que puedan beneficiar a Santa Firenze –dijo Raphael–. Lo que he hecho, lo he hecho por nuestro hijo. Sí, podría haberte ocultado. Podría haberte dado una exorbitante suma de dinero, pero quería a mi hijo aquí, conmigo.

–¿Y a mí? –preguntó ella, casi sin voz.

Raphael dejó caer el vestido al suelo y volvió a la cama para levantarle la barbilla con un dedo.

–No he estado con ninguna mujer desde que te conocí. Cuando rompí contigo hice lo posible por vincularme con Allegra, pero nunca hubo ninguna conexión entre nosotros. Su familia y ella me acompañaban durante las vacaciones, pero nunca pasábamos tiempo a solas. En otras palabras, era ideal.

Bailey lo miró, perpleja.

–¿Por qué era ideal no sentir nada por ella?

–Era ideal que mi esposa no fuese una distracción. Cuando rompí contigo esperaba... esperaba de verdad poder desear a otra mujer. Allegra iba a ser mi esposa y vivir deseando a otra mujer era impensable.

–¿Y qué pasó? –preguntó ella con una casi cómica expresión esperanzada.

–Después de romper contigo intenté besarla –Raphael se aclaró la garganta–. Un beso de verdad, no uno en la frente o en la mejilla. Pero no pude hacerlo porque no dejaba de verte a ti. Te deseo como un loco, Bailey, y esa es una distracción muy inconveniente.

–Entonces, ¿no soy insignificante?

–Ayer, cuando te vi dirigiéndote hacia mí en la iglesia, me di cuenta de que tu carácter podría ser un valor para mí y para mi país. Puede que no tengas contactos políticos, pero te admiro. Te has esforzado por mejorar tu vida y no conozco a mucha gente que pueda decir lo mismo.

–Tú también trabajas mucho, Raphael.

–Sin duda, pero yo he heredado todo esto. Es muy diferente.

En cuanto pronunció esas palabras se dio cuenta de que era cierto. Su confianza, su poder, todo estaba basado en una herencia. Y, con ella, su padre también le había dado arrogancia y seguridad en sí mismo.

Lo había moldeado para que fuese el príncipe de Santa Firenze. Le había enseñado que no había nada que no pudiese tener mientras, al mismo tiempo, argumentaba que no había nada más importante que el país.

–Pero sigue siendo impresionante porque cuando no has tenido que trabajar para conseguir algo en general significa menos –dijo Bailey–. Podrías sentirte menos obligado hacia tu país porque no has llegado a ese puesto gracias a tu esfuerzo, pero no es así. Yo creo que tu dedicación es asombrosa.

–¿De repente tienes palabras amables para mí? Por favor, dime que anoche no te diste un golpe en la cabeza.

Bailey sonrió con una expresión pícara que tocó algo dentro de él. Era raro y muy agradable charlar con ella sin discutir.

Se había dicho a sí mismo que daba igual, que lo único que le molestaba era el prolongado celibato. Había intentado convencerse a sí mismo de que no echaba de menos su compañía, solo su cuerpo. Que la relación que habían tenido en Colorado había sido una farsa, un extraño experimento: estar con una mujer que no sabía quién era y actuar como lo haría un hombre cualquiera.

Pero su sonrisa le provocaba tal torrente de calor que era imposible creer eso en aquel momento.

Quería hacer algo por ella, pero no se le ocurría nada. La había convertido en princesa, no sabía qué más podía hacer. Aunque, tal vez, una luna de miel...

–¿Has estado alguna vez en París? –le preguntó.

–No –respondió ella–. Y sigo sin tener pasaporte.

–Eres la princesa de Santa Firenze, así que todo eso estará ya solucionado. ¿Te gusta la idea de ir a París?

–Claro que sí. ¿Cómo no? He soñado con ir a París, pero jamás pensé que lo haría. Mi fantasía era salir de la pobreza y conseguir un trabajo mejor. Viajar por todo el mundo solo era un sueño imposible.

–Viajar por todo el mundo es parte de tu trabajo ahora.

–Qué suerte tengo... lo digo en serio, no es un sarcasmo –dijo Bailey al ver que hacía una mueca–. Vas a regalarme un viaje a París. Creo que, al menos, te debo un poco de sinceridad.

Algo se encogió en el pecho de Raphael. No sabía por qué; pero tenía la extraña premonición de un desastre inminente.

–Informaré a mi secretario de nuestros planes y nos iremos mañana mismo.

–¿Mañana?

–París lleva demasiado tiempo esperándote.

Capítulo 11

CUANDO llegaron a París, Bailey se quedó sin habla. Todo era tan antiguo, tan hermoso... También lo era Santa Firenze, claro. Tal vez era una extraña observación, pero todo en Estados Unidos era relativamente nuevo, sobre todo en el Oeste. Ellos no tenían tantos siglos de historia esculpida en cada ladrillo, en cada piedra.

Mientras se dirigían al ático, el coche iba bordeando el Sena, las aguas grises reflejaban el cielo cubierto de nubes, los majestuosos edificios, las antiguas iglesias y museos situados al otro lado.

El ático de Raphael era fabuloso, desde las molduras en techos y paredes a los dorados elementos en la cocina y cuartos de baño. Había una bandeja de quesos esperándolos, junto con una botella de champán que Bailey no podría probar.

El dormitorio principal estaba elegantemente decorado, con un vestidor lleno de maravillosas prendas que, le contó Raphael, había seleccionado una estilista elegida especialmente para ella, la princesa de Santa Firenze. Y entre los vestidos, uno verde de la más fina seda que, sin duda, delataría su embarazo.

–¿Cuándo voy a ponerme esto? –preguntó, pasando los dedos por la delicada tela–. Es precioso.

–Esta noche –respondió él, con tono despreocupado.

–No sabía que tuviéramos planes.

–Esta noche tenemos una cena y una exposición privada en el Museo de Orsay. Pensé que te gustaría y sé que al director le agrada que acudan miembros de la realeza. Espero no haberme equivocado contigo.

Su expresión era sincera, su tono esperanzado. Era tan inusual que no se mostrase absolutamente convencido de lo que decía... Como la mañana de su noche de bodas, cuando se mostró preocupado por haberse saltado los límites. Que fuese capaz de tal preocupación era alentador.

No estaba siendo arrogante. Al menos, ese día.

–Claro que quiero ir. Un vestido precioso, comida maravillosa, obras de arte. ¿Cómo no va a gustarme?

Raphael esbozó una sonrisa.

–Me alegro.

–¿Temías que no quisiera ir?

–Siempre estoy perdido contigo, Bailey –respondió él, frustrado–. Cuando te pedí que te casaras conmigo pensé que me darías las gracias, que lo verías como un honor. Pero, por el momento, no pareces muy impresionada.

–Las cosas no me impresionan.

–Yo soy todas esas cosas.

Bailey dio un paso adelante y tomó su cara entre las manos.

–¿No te quise antes de saber que tenías todo eso?

–Entonces era diferente.

A Bailey se le encogió un poco el corazón.

–Sí –admitió–, entonces era diferente.

Era diferente porque había sido sincero por su parte y una mentira por parte de Raphael. Diferente porque se había imaginado que había un futuro para ellos mientras él sabía con certeza que no lo habría.

—Nos iremos en un par de horas.

—Me gustaría ir paseando, si es posible.

Raphael frunció el ceño.

—No puedes hacer eso.

—Estoy en París y me gustaría verlo —respondió Bailey.

Además, necesitaba poner un poco de distancia para recuperar el aliento. Era difícil estar todo el tiempo bajo la influencia de Raphael y necesitaba encontrar una línea divisoria entre protegerse a sí misma y sacrificarse.

No quería apartarlo del todo, pero debía levantar sus defensas.

—Eres una princesa. No puedes ir caminando por la calle.

—¿De verdad crees que alguien me reconocería?

—Tu fotografía está en todas las portadas, *cara*. Te reconocerían de inmediato.

—Entonces, supongo que tendré que arreglarme —dijo ella con tono monocorde—. ¿Qué más podría querer hacer en París que vestirme y maquillarme?

—No estoy intentando destrozarte la vida, solo estoy siendo realista.

Ella torció el gesto.

—Muy bien —dijo, exhalando un suspiro—. Lo siento, tal vez estoy siendo poco razonable. Voy a arreglarme.

Cuando terminó de hacerlo se miró al espejo del tocador. Sí, era evidente que estaba embarazada.

—Espero que estés preparado, porque vamos a hacer un anuncio esta noche —le dijo, entrando en el salón.

Raphael levantó la mirada del periódico que estaba leyendo y se quedó boquiabierto.

–Ah –fue todo lo que dijo. Fue más un sonido que una respuesta.

–¿Qué significa eso? Di algo o vuelvo al dormitorio y me pongo un chándal.

–No, de eso nada –replicó él, levantándose–. Eres perfecta. Una joya hecha carne.

–Me he maquillado yo misma –dijo Bailey, buscando más cumplidos porque aquel la había emocionado–. Y también me he peinado sola.

–Te queda muy bien. Todo te queda bien.

Raphael se inclinó hacia delante para besarle la frente en un raro gesto de afecto, pero después buscó sus labios en un beso carnal y apasionado.

–Tenemos que irnos –dijo luego–. O tendré que quitarte ese vestido y no llegaríamos a tiempo al museo.

–La gente se dará cuenta de que estoy embarazada. No has dicho nada sobre eso.

–Estoy orgulloso de tu embarazo y de que seas mi mujer. Estoy encantado de mostrarte ante el mundo.

–Eso es lo que esperaba que dijeras –murmuró ella, poniéndose de puntillas para besarlo.

–Hay una primera vez para todo –respondió Raphael, burlón.

Consiguió llegar al museo con el maquillaje intacto, lo cual era un milagro, porque Raphael había hecho todo lo posible por borrarlo a besos en el coche. El museo era maravilloso, con una sala dispuesta para cenar con engalanadas mesas y enormes ramos de flores.

Hombres de esmoquin y mujeres con vestidos largos de todos los colores paseaban de un lado a otro, charlando y admirando la exposición. Los aperitivos tenían un aspecto delicioso, pero Bailey estaba más interesada en examinar los cuadros y consiguió apartarse de un grupo de mujeres entusiasmadas al conocer a una princesa. Seguía resultándole muy extraño ser el centro de tanta atención.

Solo unas semanas antes era una camarera y, de repente, era una princesa, una invitada de honor. Era suficiente para que le diese vueltas la cabeza y suficiente para que buscase un momento de tranquilidad.

Admiró un grupo de exquisitas figuras de mármol, maravillándose de su expresividad. A pesar de la piedra blanca que el artista había usado no parecían frías. De hecho, casi parecían capaces de tomar vida en cualquier momento.

Se detuvo frente a la estatua de una mujer arrodillada, una de las raras figuras femeninas que estaban vestidas.

–Ah, aquí estás.

Cuando Raphael se acercó a ella, se le encogió el corazón. Y también otras cosas. Estaba realmente guapo con el esmoquin. No debería ponerse nada más... a menos que estuviera desnudo. Debería estar desnudo a todas horas.

–¿Te identificas con el predicamento de Juana de Arco?

Bailey miró la plaquita de la estatua.

–Supongo que sí.

–Grande es tu martirio.

–A veces me lo parece.

–Una criatura valiente, Bailey Harper.

–Princesa Bailey para ti –dijo ella, irónica.

–Mis disculpas por tan grave error –Raphael se acercó a ella–. ¿Te gusta el arte?

–Nunca había visto nada así. He estado en museos, pero en ninguno con obras como estas. Es exquisito.

–Esta planta está abierta solo para los invitados.

–Lo sé.

–Y he conseguido que nos abran una de las plantas superiores. He pensado que te gustaría ver la obra de Manet.

–¿Solo para nosotros?

–Soy el príncipe de Santa Firenze. Las reglas que se aplican a los meros mortales no se me aplican a mí.

Bailey se rio sin poder evitarlo.

–Lo siento, a veces olvido que estoy casada con un semidiós.

–Me ofendes. ¿Solo un semidiós?

–Lo siento. ¿Jehová reencarnado?

–Mucho mejor –Raphael le ofreció su brazo–. ¿Nos vamos?

Subieron a un ascensor del que salieron para tomar el último tramo de escaleras hasta una planta totalmente silenciosa. Era una sala vacía, con muros negros dividiendo un espacio enorme, lleno de obras de arte.

Raphael permaneció en silencio mientras ella se detenía a admirar un cuadro u otro. Curiosamente, mientras admiraba el retrato de una mujer desnuda en una merienda campestre, con los hombres vestidos a su alrededor, Bailey se sintió identificada con ella.

Desnuda mientras sus acompañantes estaban vestidos. Fuera de lugar mientras ellos charlaban y reían sin la menor preocupación.

Una lágrima rodó por su mejilla e intentó apartarla antes de que Raphael se diera cuenta.

–¿Qué te pasa? –le preguntó él.

–Nada, no me pasa nada –respondió Bailey, con un nudo en la garganta–. Es que... es precioso. Es mucho más de lo que nunca hubiera soñado vivir. Me parece maravilloso y no puedo creer que vaya a durar.

De repente, todo cayó sobre ella como una tormenta de rayos y truenos que azotaran su alma. Estaba en aquel sitio tan hermoso que solo había sido un sueño para ella con un hombre que iba más allá de una fantasía. Un hombre al que no sabía que estaba esperando y que nunca se hubiera imaginado que podría ser suyo.

Era una princesa e iba a ser madre.

De repente, su vida era algo totalmente inesperado y apenas se podía creer que fuese real.

—¿Y si me despierto y todo ha sido un sueño? —susurró.

Raphael le pasó un brazo por los hombros e inclinó la cabeza para hablarle al oído.

—¿Esto te parece un sueño?

—No —respondió ella con voz temblorosa—. De niña me iba a la cama con hambre y me pasaba la noche soñando que estaba en un sitio calentito, cenando algo delicioso. Y luego me despertaba hambrienta, aterida, y me ponía a llorar porque no era real. Fue entonces cuando me di cuenta de que soñar no era suficiente porque los sueños no son reales —Bailey tragó saliva—. Cuando te conocí... fue la primera vez que me atreví a soñar desde que era niña. Pero entonces me desperté y tú no eras más real que los sueños de mi infancia. Seguía hambrienta y aterida —Bailey intentó sonreír—. Y ahora estoy aquí, pero es tan difícil creer que no voy a despertarme, que no voy a descubrir que todo esto no es más que un sueño.

Raphael puso una mano sobre su abultado abdomen.

—Estoy aquí y soy tu marido —dijo con tono fiero—. Te he hecho promesas y pienso cumplirlas.

Ella asintió, incapaz de articular palabra.

–Esto es tan precioso... –dijo por fin, apartando otra lágrima de un manotazo–. Tan precioso que me hace llorar, tan perfecto que no me lo puedo creer –añadió, volviéndose para mirar su rostro, otra obra de arte en una sala llena de ellas.

Y se dio cuenta de que era suya para siempre. Que no había forma de protegerse y nunca la había habido.

Lo amaba con todo lo que era y todo lo que sería.

–¿Quieres que volvamos a la cena? –sugirió Raphael.

–Sí... ah, espera un momento.

Bailey se detuvo frente a un enorme reloj encajado en una ventana desde la que se veía toda la ciudad. Las luces de los edificios daban un toque dorado a las aguas del río y le pareció una imagen mágica.

Sonriendo, se apoyó en la barandilla para admirar el paisaje.

–¿Sigues pensando que estás soñando? –le preguntó él, acercándose.

–No sé si esto podrá parecerme real algún día.

–¿Una exposición privada de arte, una de las mejores vistas del mundo? A mí me parece real. Pero tú... tú podrías ser un sueño.

Ella se volvió para mirarlo, con el corazón acelerado.

–¿Yo? Pensé que era más bien una pesadilla.

–Bailey... –Raphael deslizó un dedo por su espina dorsal hasta llegar a la curva de su trasero y ella contuvo el aliento. Algo en el efecto de su mano sobre la seda del vestido la hacía más sensible que nunca–. Te prometo que esto es muy real.

Bailey cerró los ojos un momento, pero luego hizo un esfuerzo para abrirlos y disfrutar del increíble paisaje mientras él empezaba a levantar la falda del vestido.

Dejó escapar un gemido cuando el aire fresco rozó su piel y, de nuevo, cuando él metió una mano entre sus piernas para acariciarla por encima de las bragas.

–Raphael... –dijo ella en un susurro de advertencia–. Podría venir alguien.

–Nadie puede subir aquí –respondió él, rozando con un dedo el sensible capullo de nervios escondido entre los rizos–. Y, aunque así fuera, sencillamente le ordenaría que se fuese.

–Pero nos verían.

–¿Qué más da? Eres mi mujer.

Algo en esa declaración la afectó de un modo visceral. La había llamado otras veces «su mujer», se había llamado a sí mismo «su marido», pero había algo diferente en ese momento. Algo como un título de propiedad elemental, primitivo, algo que iba más allá de un mero documento administrativo.

Bailey dejó escapar un trémulo suspiro mientras él seguía acariciándola.

–¿Lo dices en serio?

–Mi palabra es la ley –respondió Raphael mientras empujaba las caderas hacia delante para hacerle notar su evidente erección.

–Claro que sí, pero... tengo que saberlo.

–¿Qué tienes que saber, *cara*?

–¿Soy tu mujer o una carga, una obligación?

Él vaciló durante una décima de segundo.

–Todo lo que tengo es heredado. Esa es mi obligación, mantener lo que me legaron mis antepasados. Pero tú... a ti te he elegido.

El alivio llevó lágrimas a sus ojos. No podría soportar ser una obligación después de haber sido una carga para su madre.

Raphael la había elegido.

Él siguió acariciándola hasta que estuvo jadeando. Hasta que no pudo centrar la mirada, con las luces de la ciudad perdiéndose frente a ella y convirtiéndose en un paisaje impresionista. Bailey se agarró a la barandilla porque era lo único que la mantendría en pie.

Entonces oyó el ruido de una cremallera y, un segundo después, sintió el duro miembro de Raphael rozando sus húmedos pliegues.

—Inclínate un poco –le ordenó, poniendo una mano en su estómago y empujándola hacia delante.

—Espera...

—Calla –la interrumpió él mientras rozaba su entrada con la gruesa y dura punta de su erección.

—No podemos hacer esto aquí –protestó Bailey, pero el susurro fue tragado por la enorme habitación.

—¿Quieres hacerlo? –preguntó él, empujando un centímetro más.

Bailey tragó saliva.

—Sí –susurró.

—Entonces sí podemos.

Empujó con fuerza entonces, un gemido ronco escapó de su garganta mientras se hundía en ella. Giró su cara para besarla mientras establecía un ritmo enloquecedoramente lento para atormentarla. La mantenía al borde del abismo, provocando oleadas de placer que prometían convertirse en un maremoto mientras él mantenía firmemente el control.

Bailey recibía sus embestidas intentando aumentar el ritmo, empujándolo a ir más deprisa, más fuerte, más rápido. Y, cuando esos sutiles señuelos fracasaron, lo dijo en voz alta. Una y otra vez hasta que empezó a desgarrarse, pieza a pieza.

El abrazo resultaba casi doloroso, los dedos masculinos se clavaban en su carne mientras empujaba una y otra vez. Raphael murmuraba palabras roncas en un idioma que no conocía, quemándola con su aliento mientras susurraba promesas que su cuerpo entendía, aunque no su cerebro.

–Por favor, Bailey... –su voz sonaba quebrada, ardiente, mientras metía una mano entre sus piernas para acariciar el capullo escondido–. No puedo aguantar mucho más.

Esa desesperación, ese ruego, desató un torrente de placer dentro de ella, que llegó al orgasmo dejando escapar un grito ronco mientras sus músculos internos se cerraban con fuerza a su alrededor.

Raphael le sujetó las caderas y empujó dos veces más con todas sus fuerzas, temblando mientras gritaba de placer, el sonido hacía eco en las paredes, añadiendo una nueva obra a una galería que ya contenía tanta belleza.

Rodeados de tanta historia todo parecía más solemne, más real. Como si ciertamente no fuera un sueño.

Mientras la abrazaba, con los ojos cerrados, Bailey se dio cuenta de que aquello no podía ser un sueño. Su imaginación no podía haber creado aquello. Su vida, una vida de hambre y abandono, no le habría permitido soñar algo tan maravilloso.

Y no era París o el precioso vestido que llevaba. Ni siquiera que Raphael fuese el hombre más atractivo que había conocido nunca. Era solo él, el calor de su torso, la fuerza de sus manos, la sensación de estar a salvo.

–¿Aún te apetece cenar? –preguntó él, bajándole el vestido y arreglando un poco su pelo con manos temblorosas.

–¿Hay alguna otra opción?

–Tal vez podríamos visitar la ciudad.

–Muy bien.

La tomó por la cintura para entrar en el ascensor y atravesó la puerta con tal aire de autoridad que nadie se atrevió a detenerlo. Apretaba su mano en un gesto tan posesivo, tan protector que Bailey se emocionó. Sentía que era suyo, sentía que le importaba.

–¿Vas a llamar al chófer?

–No, iremos paseando.

Soltó su cintura para tomar su mano, como había hecho en Vail antes de romperle el corazón. Ese sencillo gesto había significado tanto para ella entonces... y más aún en ese momento.

Pasearon por la orilla del río, rodeados de gente, de alegría, de vida nocturna. Debían de llamar la atención; ella con el largo abrigo negro de Raphael sobre los hombros y el vestido de seda verde hasta los pies, él con su esmoquin. Pero nadie les dijo nada.

Bailey levantó la mirada y contuvo el aliento al ver la iluminada Torre Eiffel.

–Jamás pensé que vería esto de cerca.

–¿La Torre Eiffel?

–Es irreal. La he visto en tantas películas... y aquí está, justo delante de mí.

–Entonces creo que te gustará lo que tengo en mente.

La llevó a un pequeño café situado frente a la torre, la base era visible desde la pequeña sala a la que el maître los había llevado. Tomaron café y unos bocadillos de queso y jamón que le parecieron deliciosos. No era la elegante y lujosa cena que hubiera disfrutado en el museo, pero significaba mucho para ella. Lo significaba todo.

Pero el tiempo era implacable y pronto llegó la hora

de volver al ático. Era tarde y le dolían los pies, pero no quería subir al coche, que los seguía a unos metros. Quería seguir caminando, quería que aquella noche no terminase nunca y seguir existiendo en ese momento, con aquel nuevo y maravilloso Raphael.

Por suerte, cuando llegaron al ático quedó claro que la noche aún no había terminado. Raphael tardó mucho en quitarle la ropa, casi tanto como ella había tardado en vestirse para salir.

La tumbó sobre el suave colchón y se tomó su tiempo saboreando cada centímetro de su cuerpo, llevándola al borde del precipicio una y otra vez.

Cayeron los dos juntos y el placer que latía en su cuerpo se mezcló con imágenes de esa noche e imágenes de sus encuentros en Colorado, creando el retrato de una realidad mucho más hermosa que sus sueños.

Solo había una cosa que pudiera decir:

—Te quiero.

Mucho más tarde, cuando Bailey estaba dormida, Raphael salió a la terraza del ático y miró la iluminada ciudad bajo el cielo nocturno. Nervioso, apretó la barandilla mientras la admisión de Bailey se repetía una y otra vez en su cabeza.

Él no había correspondido y Bailey, por suerte, se había quedado dormida inmediatamente. Sabía que necesitaba una respuesta, pero no podía dársela.

Si había aprendido algo de sus padres era que no había mayor apego en el mundo que el apego a su país. A su causa.

Desde luego, a un hombre podía importarle su esposa y sus hijos, pero el amor era algo completamente diferente. El amor estaba reservado para los ciudadanos de Santa Firenze, para su país, su tierra, sus viejos edificios, la historia de su familia. El amor tenía que servir a otros, no siempre los más cercanos. Su padre siempre había dejado eso bien claro en las reglas que establecía, en el tiempo limitado que permitía a su madre estar con él.

Cuando se formaba parte de una familia real el amor no era nada personal, sino algo que se extendía a todo lo que estaba bajo el mandato real.

No podía expresarse bajo su propio techo como lo hacían en las películas. Un gobernante mostraba amor por sus súbditos atendiendo sus necesidades, preocupándose por el país.

Su padre nunca había mostrado amor por su madre o por él. No, él hacía regalos, otorgaba títulos, impartía lecciones, entregaba condecoraciones.

Pero Bailey exigía otra cosa.

Podría decir las palabras. No le costaría nada.

Se le encogió el pecho al pensarlo. Nunca le había dicho «Te quiero» a nadie y no iba a hacerlo solo para tranquilizarla.

No, tenía que encontrar otra salida.

Raphael sacó el móvil del bolsillo y llamó a su secretario.

—Necesito un collar de diamantes para mañana a primera hora. Y flores... muchas flores, rosas rojas sobre todo. Un desayuno fabuloso, los mejores croissants de París, los mejores quesos, zumos, champán.

Eso sería suficiente y la haría feliz. Él era un hombre de recursos ilimitados y podía darle todo lo que quisiera.

Pensó en su rostro esa noche, mientras miraba los cuadros del museo, en cómo había empezado a llorar de felicidad. Sí, podía seguir haciéndola feliz, podía alargar aquel sueño que tanto temía perder. No lo perdería, él se encargaría de ello.

No iba a enfadarse. No se mostraría frío.

Mientras ella no siguiera pidiéndole amor.

Capítulo 12

CUANDO Bailey se despertó a la mañana siguiente, Raphael no estaba en la cama. Había algo dándole vueltas en la cabeza, pero no recordaba qué. Se levantó y se puso uno de los preciosos camisones que colgaban en el vestidor. Había dormido desnuda porque no tenía sentido ponerse nada cuando estaba con Raphael, pero no iba a pasearse desnuda por la casa.

Se detuvo en cuanto entró en el salón, sorprendida. Había rosas rojas por todas partes, como en las películas románticas que tanto le gustaban.

Vio entonces una bandeja con café y bollos sobre la mesa, frente al sofá, y su estómago empezó a protestar, un sonido bienvenido después de tantas mañanas levantándose con náuseas.

Esa cosa a la que no podía poner nombre seguía dándole vueltas en la cabeza, pero decidió que lo pensaría después de tomar *pain au chocolat*.

–Estás despierta –dijo Raphael, acercándose a ella con una caja de terciopelo en la mano.

–Sí, claro. ¿Qué es eso? –preguntó ella.

–Un regalo para ti, *cara*.

Raphael abrió la caja y Bailey se quedó boquiabierta. En el interior había un fabuloso collar de oro blanco entrelazado con gemas que brillaban como gotas de lluvia. Y en el centro, un diamante en forma de lágrima que podría pertenecer a las joyas de la corona.

Y entonces lo recordó: la noche anterior le había dicho que le quería. Y él no había correspondido.

Aquella era su respuesta.

—Esto es... demasiado.

—Nada es demasiado para ti –dijo él. Y parecía sincero.

—Gracias.

Bailey esperaba... no sabía qué. Raphael no iba a decir que la quería, pero tal vez no era razonable querer que lo hiciera. Tal vez solo necesitaba ser paciente.

—No pareces muy complacida.

—Lo estoy. ¿Quién no querría diamantes y mantequilla?

—¿Quieres que te lo ponga?

—No, gracias, estoy en camisón y quedaría un poco ostentoso, ¿no crees?

—Puedes ser todo lo ostentosa que quieras. De hecho, espero ver grandes actos de ostentación en el futuro.

—Lo haré si eso te complace.

—Esta mañana hemos salido en varias portadas –dijo Raphael entonces.

—Ah, vaya. ¿Y salgo poco favorecida?

—No, sales guapísima. Un par de publicaciones se han atrevido a decir que me he visto forzado a casarme contigo, pero otras hablan de tu mirada de adoración anoche en la fiesta. Y algunas han publicado fotografías en el café, sugiriendo que somos dos tortolitos en busca de intimidad.

Bailey tragó saliva, preguntándose si ese habría sido el motivo para el paseo de la noche anterior. Si habría sido más calculado de lo que ella creía. Pero no quería darle vueltas porque, en realidad, daba igual. Lo que había ocurrido en el museo, frente al reloj, con la ciudad a sus pies, había sido solo para ellos dos.

Y eso tenía que significar algo.

«Sí, claro, significa que Raphael quería sexo».

No, era algo más que eso.

—Me alegro de que haya salido como tú querías —murmuró, intentando mostrarse serena.

Aún no sabía cómo se iba a enfrentar a aquella situación, a lo que significaba que él respondiera a sus palabras de amor comprándole joyas.

—Si vamos a salir en las portadas, es mejor que la opinión sea favorable.

—Ya, claro. Había olvidado que todo esto está por debajo de ti.

—Es una distracción —dijo Raphael.

—¿De qué?

—De mi trabajo, de mi imagen. La prensa nunca debe hablar de mí como persona, sino como gobernante. No me gusta que se interesen tanto por mí.

—Ah, eso es interesante viniendo del hombre más arrogante que he conocido nunca.

Raphael se encogió de hombros.

—Tal vez tú me veas arrogante, pero a mi país no le serviría de nada tener un gobernante que no estuviera absolutamente seguro de lo que hace. ¿Por qué iban a confiar en mí si yo no confío en mí mismo?

—Bueno, a veces también hay seguridad en pedir ayuda.

—Esa es una mentira que se cuentan a sí mismos los que se ven impotentes. La gente no quiere un gobernante débil y lo comprendo. Mi padre gobernó Santa Firenze a su manera y creó una nación fuerte que ha soportado crisis económicas y guerras sin involucrarse en ninguna. ¿Debería yo cambiar las cosas?

–No, supongo que no –respondió Bailey.

Estaba claro que, en su opinión, cualquier muestra de debilidad era perjudicial para su imagen y para su país y ella no se lo podía discutir porque nunca había estado a cargo de nada.

–Todo un país confía en mí –Raphael bajó la voz, mirándola con ojos tiernos–. Y tú también puedes hacerlo.

Esas palabras la consolaron porque era lo que quería escuchar. Bueno, si no era posible escuchar un «Te quiero».

–Si tú lo dices.

–Mi palabra es la ley.

Bailey soltó una carcajada.

–Te quiero, Raphael.

Notó que él se ponía tenso, pero no le importó porque, de repente, sabía lo que debía hacer.

Tal vez aún no la amaba, pero la había elegido, de modo que lo amaría por los dos porque no había otra alternativa más que guardárselo todo dentro... y eso le haría más daño que ser sincera sobre sus sentimientos.

–¿Tienes una lista de cosas que quieres hacer hoy?

–¿Por qué no me sorprendes?

Ese gesto de confianza le gustó, podía verlo en su expresión satisfecha.

La semana en París pasó a toda velocidad y, cuando volvieron al palacio, Raphael se lanzó de lleno a los asuntos de Estado. Lo había dejado todo en las capaces manos de sus ministros y ayudantes, pero había cosas que solo el príncipe podía solucionar.

Bailey se decía a sí misma que no se sentía sola, que no necesitaba tenerlo a su lado todo el tiempo, que no le importaba verlo solo por las noches, en la cama, cuando le hacía el amor con la pasión que contenía durante el resto del día.

Y, sobre todo, se decía a sí misma que no importaba que él no respondiera cuando le decía «Te quiero».

No dejaba de hacerle regalos: más ropa de la que nunca podría ponerse, joyas, libros y, la última semana, un ala entera del palacio solo para ella.

Un día había aparecido con una mujer bajita a su lado, la señora Johnson.

–He contratado a una profesora para que puedas terminar tus estudios por Internet. Quiero que tengas todo lo que te prometí y más.

–Por supuesto, el horario será según convenga a su agenda –dijo la mujer, mirando su abultado abdomen–. No quiero agotarla, Alteza.

A nadie le había importado que estuviese agotada cuando iba a la universidad de Colorado. A nadie le importaba que estuviese enferma o cansada de atender mesas cuando se quedó embarazada, antes de tener un título nobiliario.

Era curioso que a la gente le importase tanto su estado en ese momento. Y les importaba a todos. Desde los medios de comunicación a los empleados del palacio, que estaban pendientes de ella a todas horas.

Se había convertido en una especie de icono de estilo para la mujer embarazada, pero no podía atribuirse el mérito porque Raphael había contratado a una legión de estilistas que elegían su ropa cada vez que acudía a un acto público. Si dependiese de ella seguramente hubiera ido en chándal.

Cuidaban de ella a todas horas, pero seguía sintiéndose... vacía. Porque las cosas no eran amor. Todo
aquello no era amor. Era deferencia, atención, pero no
era lo que ella sentía por Raphael.

Si no estuviese embarazada lo amaría igual. Si no
hubiese título ni matrimonio lo amaría como lo había
amado cuando creía que era representante de una empresa farmacéutica.

Pero él no la amaba y, aunque la trataba con cariño, aunque la deseaba, Bailey tenía dudas. Y esas
dudas eran insidiosas.

Sabía que el resultado de su visita al ginecólogo lo
haría feliz. Tener un hijo varón era algo que, sin duda,
Raphael deseaba. Pero, por alguna razón, no encontraba el momento para decírselo.

–¿Cómo van tus estudios? –le preguntó por la noche, cuando entró en la habitación.

–Muy bien. La señora Johnson está siendo muy
paciente conmigo y contar con ella es una gran ayuda.

–Perfecto. ¿Qué vas a hacer cuando obtengas el
título?

–No lo sé. Antes pensaba abrir mi propia empresa
en Colorado.

–¿Y ahora?

–No lo sé, pero supongo que es valioso entender
cómo funcionan los mercados, la economía, la política. Eso tiene que ser valioso para una princesa.

–Si a ti te parece valioso, lo será. Hay muchas organizaciones benéficas en las que podrías involucrarte, pero creo que tu título universitario no es lo
que más va a interesarles.

–¿Ah, no?

–Eres una persona decidida y con carácter, así que
podrías ser portavoz o consejera de cualquier organi-

zación benéfica. Una voluntad de hierro combinada
con un título universitario puede ser algo muy valioso.

–Me alegra que aprecies mi voluntad de hierro.

–La aprecio mucho más ahora que no la empleas
conmigo con tanta frecuencia.

Bailey se rio.

–Bueno, eso no es garantía de nada.

Se hizo un silencio extraño y ligeramente incó-
modo. Quería decirle que lo amaba para ver cómo
respondía. Se lo decía todos los días desde que volvieron de París, pero nunca había habido respuesta
aparte de más regalos.

–Mañana tengo una agenda muy apretada –dijo
Raphael en ese momento.

–Entonces, ¿no vamos a vernos?

–Probablemente no. Estoy muy ocupado –insistió
él–. Es algo a lo que te acostumbrarás. He estado contigo más tiempo del habitual por cortesía hacia ti y
porque estábamos planeando la boda, pero esto no
puede continuar. No te preocupes, encontrarás muchas cosas con las que mantenerte ocupada.

–¿Por eso quieres que termine mis estudios?

–En parte sí. Necesitas algo con lo que mantenerte
ocupada y algo que te capacite para ayudar al país.

–Y también voy a ser la madre de tu hijo.

–Sí, claro, pero esa responsabilidad recaerá sobre
todo en las niñeras.

–No, de eso nada. Me niego.

–Tienes un deber hacia el país, Bailey.

–También tengo un deber hacia mi hijo y eso está
por encima de todo lo demás. Estaba dispuesta a ser
madre soltera porque no sabía que volveríamos a vernos. Había decidido cambiar toda mi vida para aco-

modar a mi hijo y, aunque me daba miedo, pensaba dedicarle todo el tiempo posible.

–Pero no es así como se hacen las cosas aquí. Los dos estaremos ocupados dirigiendo la nación y nuestro hijo debe aprender lo que significa ocupar un trono.

–¿Recibir reverencias de los empleados, ser adorado e ignorado al mismo tiempo?

–Yo nunca fui ignorado –respondió él con sequedad–. El heredero debe ser educado desde la infancia para cumplir con su obligación. Siempre ha sido así y así debe continuar.

–Me da igual cómo se hicieran las cosas hace cien años –replicó Bailey–. Yo soy la primera esposa plebeya de tu familia, de modo que las cosas se harán de forma diferente porque yo tengo expectativas diferentes.

–¿Tu infancia fue idílica?

–No, al contrario, fue terrible y tú lo sabes –respondió ella–. Mi madre estaba siempre estresada. Odiaba su trabajo y apenas éramos capaces de llegar a fin de mes. No teníamos ninguna relación... seguimos sin tenerla porque estaba demasiado resentida conmigo. Tomó la decisión de tenerme, pero lo lamentó siempre.

–Entonces, ¿por qué crees que estar todo el tiempo con nuestro hijo te haría feliz? –preguntó Raphael, exasperado.

–Creo que no lo entiendes. Cuando descubrí que estaba embarazada supe que me había convertido en mi madre. Podría estar resentida contra mi hijo por interrumpir mis planes, por ponerme las cosas más difíciles, pero eran mis decisiones las que me habían llevado a esa situación y me negaba a castigar a mi

hijo por ello. No pensaba repetir los errores de mi
madre y, unos días después de saber que estaba embarazada, decidí que no sería así mientras quisiera a mi
hijo, mientras lo quisiera más que a mis sueños. Mientras lo quisiera más que a mi propio bienestar.

–Nuestro hijo tendrá una vida cómoda.

–Pero yo quiero estar a su lado. Me gusta la idea
de ser voluntaria en organizaciones benéficas, tener
alguna vocación aparte de ser la princesa de Santa
Firenze, pero no voy a dejar la responsabilidad de
criar a mi hijo en manos de una empleada.

–Pero es así como se han hecho siempre las cosas
en el palacio –insistió él, enfadado.

–¿Tú no quieres pasar tiempo con tu hijo?

–No tiene nada que ver con lo que yo quiera, sino
con mi responsabilidad. Fue así con mis padres y será
así conmigo.

–¿No estás dispuesto a querer a tu hijo?

Raphael hizo un gesto con la mano.

–Hablas del amor como si fuera una especie de
magia, como si pudiese mover montañas y mantener
el reino en pie, pero no es así. Es una distracción, algo
que podría impedir que un gobernante actuase teniendo en cuenta el interés de su país. No puedo permitir eso, Bailey. Mi padre no lo hizo y yo tampoco lo
haré.

Ella tragó saliva, con el corazón encogido.

–¿De verdad crees que el amor es tu enemigo?

–Creo que es una distracción innecesaria y que un
hombre en mi puesto no puede permitirse amar a nada
que no sea su país.

Esas palabras le recordaron esa noche en el hotel,
cuando Raphael rompió con ella. Parecía tan decidido, tan convencido...

–Entonces, nunca me querrás –afirmó, con un nudo en la garganta que le impedía respirar–. Solo quieres a tu país.

–Así es.

–¿Ni siquiera vas a querer a tu hijo?

Había estado dispuesta a soportar que no la amase, pero saber que no tenía intención de ofrecerle cariño a su hijo o hija era algo que no podía esconder bajo la alfombra.

–Sabes que nuestro hijo me importa. Esa es la razón por la que me casé contigo...

–¿Vas a quererlo?

–Nunca le he dicho esas palabras a nadie. Nunca ha sido importante para mí.

–Pero es importante ahora. Es importante para mí.

–¿No te he demostrado cuánto me importas? ¿No te he dado todo lo que podrías desear? Y, aun así, te portas como si no fuera suficiente.

–Raphael...

–Eras una camarera –la interrumpió él con brusquedad–. Yo te he traído aquí, a mi palacio, a mi casa, y te he dado todo lo que tengo, pero sigues portándote como si estuviese por debajo de ti. Me acusas de ser arrogante y, sin embargo, creo que tú me superas. ¿No te he dado un ala entera del palacio que ha pertenecido a mi familia durante generaciones? ¿No te he convertido en una princesa? Vivías en un inmundo apartamento, yo te he colocado en un puesto que nunca hubieras soñado siquiera, ¿y es así como respondes?

–¿Te molesta que no me muestre alborozada por las sobras que me has dado? –exclamó ella, vibrando de ira. No estaba pensando con claridad, pero le daba igual. Quería hacerle daño como se lo había hecho él tantas veces desde que la dejó tirada en la nieve–. Porque eso es lo que son, sobras.

–¿Sobras? –repitió él, airado.

–Crees que puedes contemporizar con cosas que no he querido nunca, que debería estar agradecida. Pero solo son cosas, Raphael. Es tan fácil para un hombre como tú hacer regalos... Es tan fácil dejarme usar el ala de un palacio que tardarías una tarde entera en recorrer... ¿Cómo vas a echar de menos unas cuantas habitaciones? Me haces regalos extravagantes y actúas como si estuvieras haciéndome un gran favor, pero yo sé que eso es calderilla para ti. ¿Y cuántos collares puede ponerse una mujer? ¿Cuántos vestidos, por bonitos que sean?

–Esa no es la cuestión –replicó él, frustrado.

–Claro que es la cuestión. Todas esas cosas son fácilmente reemplazables, pero ¿el amor? Eso es tan raro, tan hermoso... ¿No crees que me duele cada vez que digo que te quiero y tú no respondes? Ese es un regalo de incalculable valor y tú ni siquiera te das cuenta. Te he dado mi cuerpo, mi alma, mi corazón. He abandonado mis sueños, por modestos que fueran, para venir aquí y estar contigo...

–Y mira lo que has recibido a cambio –la interrumpió él–. No me pidas que sienta pena de ti, no finjas que no te gustó el viaje a París o que no disfrutas de todas estas extravagancias.

–Claro que sí, soy humana. Pero solo hace falta una crisis financiera, un desastre natural, una guerra para acabar con todo eso. Son cosas temporales, son nada. Si hubiera una crisis mundial, otra guerra, todo eso se perdería. ¿Y qué quedaría entonces? Lo único que quedaría en pie seríamos tú y yo, pero sin regalos extravagantes no sabes cómo conectar conmigo. No sabes quién eres o quién soy yo.

–Pero eso no va a ocurrir –dijo él.

–Esperemos que no, pero tú sigues sin entenderlo. Son cosas temporales, Raphael, no es nada real. Lo que yo he dejado por ti sí es real. Lo que siento por ti... me duele tanto. Me roba el orgullo poco a poco, día tras día, cada vez que digo «Te quiero» y tú no respondes. ¿Y qué te he costado a ti, personalmente?

–Estás obsesionada con eso –le espetó Raphael, desdeñoso–. ¿Quieres ser un inconveniente? ¿Quieres ser una molestia?

–No, quiero saber que no soy la única que se sacrifica por esto. Quiero ser algo más que una de tus posesiones, eso es lo que quiero.

Raphael explotó entonces.

–¡Pides un imposible! Quieres controlar lo que siento porque has decidido que mis actos no tienen suficiente valor. ¿De qué serviría si sintiera algo, pero no hiciese nada por ti? ¿Si te dijese que te quiero, pero te hubiera dejado en ese apartamento de Colorado? Entonces estos gestos no te parecerían tan vacíos, ¿no?

–Es cierto –asintió Bailey en voz baja–. Pero todas estas cosas tienen que ir unidas para que importen.

–¿Eras así de niña? ¿Nunca estabas contenta con nada? Si tu madre cuidaba de ti, pero no decía palabras cariñosas, ¿te mostrabas resentida con ella?

Esas palabras fueron como un golpe. Pero no era justo. No iba a sentirse culpable por desear que su madre la quisiera y se lo demostrase.

–Eso ha sido un golpe bajo. Incluso para ti, demasiado bajo.

–No es como tirar un zapato, desde luego –replicó él, dándose la vuelta.

–¿Te vas?

–No podemos seguir hablando, no tiene sentido.

–Y tu palabra es la ley –dijo Bailey.

–Sí, lo es. Y harías bien en recordarlo.

–¿O qué? ¿O me enviarás de vuelta a Colorado? ¿Qué más da que sigamos juntos si no estás dispuesto a criar a tu hijo? ¿Si yo no significo nada para ti?

–Quiero que estés a mi lado.

–Pero ¿por qué? Según tú, no soy más que una indigna camarera. No me quieres y nunca me querrás, no necesitas que esté al lado de nuestro hijo. Crees que soy insignificante y que todo lo que deseo es irrelevante. ¿Por qué quieres que siga contigo?

Raphael se acercó a ella con expresión fiera.

–Porque te deseo –respondió, envolviéndola en sus brazos. Su cuerpo era duro, ardiente, todo lo que adoraba de él, todo lo que la debilitaba en su presencia. Pero tenía que resistirse, tenía que hacerlo.

–No es suficiente. Solo es otra cosa que acabará desgastándose.

–Nunca –dijo él, besándole el cuello.

–Te acabarás cansando. Mi cuerpo cambiará cuando tenga a nuestro hijo y los años lo cambiarán más. No tendré siempre el aspecto que tenía cuando nos conocimos, cuando decidiste que te gustaba. Seré como otra de las cosas viejas e innecesarias que hay en palacio. Y no voy a someterme a eso.

–¿No te he dicho que tu carácter es valioso para mí?

–Sí, pero eso no es suficiente.

–¿Y solo lo que tú quieres es suficiente? –Raphael la soltó y dio un paso atrás.

–Te he dado todo lo que soy. Te he entregado mi futuro y, a cambio, quiero conocerte. Quiero tenerte del todo. Quiero tu amor, quiero tu rabia. Quiero todo lo feo e imperfecto que hay dentro de ti. No solo esa arrogancia, esa distancia, esa ciega insistencia en que tú eres la ley y estás por encima del bien y del mal. Quiero todo lo que está roto y destruido en ti.

–Nunca lo tendrás –respondió él.

Bailey tomó su cara entre las manos para besarlo con rabia contenida, con todo su egoísmo, su deseo, su inseguridad y sus miedos. Y siempre, incluso en ese momento, con todo su amor.

–No te escondas de mí –le dijo con voz ronca.

–No hay nada que esconder –respondió él, sus ojos oscuros eran indescifrables.

–Mentiroso –lo acusó Bailey, buscando su boca de nuevo.

Le había dicho más de una vez que lo inflamaba, que tenía un control sobre él que nadie más había tenido nunca. Si en alguna ocasión había necesitado verlo explotar en llamas era en ese momento y Bailey iba a asegurarse de que así fuera.

Capítulo 13

RAPHAEL sabía que debería apartarla, que no podía dejar que ella llevase el control de ese modo. Él era el príncipe de Santa Firenze y ninguna mujer podía manipularlo.

Se estaba desmoronando por dentro, pieza a pieza, y aun así no era capaz de apartarse. No podía negar el deseo que ardía entre Bailey y él y le demostraría que eso era suficiente, que trascendía todo lo demás.

Había habido muchas mujeres bellas en su vida, pero cuando la vio había sentido algo ardiente y limpio. Algo diferente, más profundo y real. Y tenía que hacer que lo entendiese.

Raphael enredó los dedos en el sedoso pelo rubio y tiró con fuerza mientras seguía besándola apasionadamente.

«Amor».

Ellos no necesitaban amor. Daba igual, no era importante y para un hombre en su posición ni siquiera era posible. Nunca lo había necesitado, siempre le habían dado todo lo que quería.

Todo salvo amor. Por lo tanto, debía suponer que no era algo necesario para un hombre como él. Si lo fuera, sus padres se lo habrían dado, pero no había sido así. Le habían dado una educación, una formación. Le habían dado empleados y lecciones. Le habían dado una habitación llena de juguetes que iluminarían los ojos de cualquier niño. Durante su adolescencia había tenido los mejores coches, trajes a medida y tutores privados que le enseñaban cómo debía conducirse en cualquier situación.

Al contrario que Bailey, él nunca había pasado frío, nunca le había faltado de nada. Siempre lo había tenido todo.

¿Cómo se atrevía aquella pequeña bruja a decirle que le faltaba algo? ¿Cómo se atrevía a reducir a escombros todo lo que siempre había sido importante para él? ¿Cómo se atrevía a hablar de sus regalos como si no tuvieran la menor importancia?

No lo permitiría. Su sangre se convirtió en fuego líquido mientras pasaba las manos por sus curvas, disfrutando de su suavidad, de su calor. De su evidente deseo por él.

Sí, eso era lo que necesitaba, sentir su deseo. Y lo necesitaba de inmediato.

Le levantó la falda y deslizó los dedos bajo el borde de las bragas. Estaba húmeda por él. Incluso enfadada, seguía deseándolo.

–¿Quieres todo lo feo que hay en mí? –le preguntó con voz ronca–. ¿Me quieres fuera de control?

Le daría eso y más. Allí, en ese momento, con su cuerpo. Le haría pagar por hacerle sentir como si sus entrañas fueran cristales rotos, por tomar su bien ordenada vida y ponerla patas arriba, por atreverse a decir que le faltaba algo importante.

Sí. Le haría pagar por todo eso.

Introdujo un dedo entre sus pliegues y la vio abrir los labios y entornar los ojos de puro gozo. Sí, la quería así, tan loca por él como él por ella, en todos los sentidos. Quería que sintiera su desesperación, que supiese lo que era perder la cabeza y no poder hacer nada al respecto. Sentir ansia, dolor y un vacío que nada podía llenar. Así era su existencia sin ella y quería que Bailey lo entendiera.

Nunca había sentido algo así. Siempre había tenido todo lo que había querido, pero ella insistía en alejarse de él, en dejar claro que nada era suficiente.

Estaba estropeándolo todo y él le devolvería el favor.

—Esto es lo que quieres —musitó, introduciendo otro dedo y rozando con el pulgar el sensible capullo de nervios oculto entre sus muslos—. ¿Quieres que pierda el control?

—Te he tenido sin control desde el principio —respondió ella, jadeante—. Pero tú no quieres admitir lo que eso significa.

—Sexo, eso es lo que significa. Eso es lo que hay entre nosotros, buen sexo.

Raphael apartó los dedos y la tomó en brazos para llevarla a la cama sin dejar de besarla con toda su pasión, con toda su rabia.

—No —dijo ella entonces—. Esto no es solo sexo. Tú me elegiste y eso importa.

Raphael hizo un esfuerzo por ignorar el dolor que le infligían esas palabras mientras le levantaba la falda y tiraba hacia abajo de sus bragas. No se molestó con preliminares, no se molestó en ser tierno. En lugar de eso, se liberó del pantalón para hundirse en ella profundamente, jadeando. Era tan estrecha, tan húmeda, tan innegablemente suya...

Podía amarlo todo lo que quisiera. ¿Por qué eso no era suficiente para ella? No lo entendía.

«¿De verdad no lo entiendes?».

Raphael rechazó esa pregunta; rechazó cualquier pensamiento porque solo quería sentir. Sentirla a ella,

el calor de su cuerpo, la sensación de sus uñas claván-
dose en sus hombros, el sonido de sus gritos mientras
empujaba con fuerza, el roce de su aliento contra su
cuello mientras jadeaba, las señales de que estaba a
punto de llegar al orgasmo.

Esa era su verdad, lo único que le importaba. Vivi-
ría el momento mientras fuera posible. No quería nada
más. Nunca.

Estaba equivocada sobre él porque, si se lo quita-
sen todo, si terminase siendo un príncipe sin palacio y
sin reino, seguirían teniendo aquello.

«Ella te querría, te lo daría todo. ¿Y qué le darías
tú a cambio entonces?».

Raphael apretó los dientes, perdiéndose a sí mismo
en el fracturado ritmo que solo ellos dos podían bai-
lar. Las llamas amenazaban con devorarlo y no intentó controlarlas. Al contrario, dejó que lo consumie-
ran hasta que el orgasmo resonó como un trueno
dentro de él, sacudiéndolo. Mientras se derramaba
dentro de ella, Bailey encontró su propio alivio y sus
músculos internos se cerraron con fuerza a su alrededor, aumentando el placer, prolongando el orgasmo.

Siempre era así con ella. Siempre le ofrecía todas
esas cosas que no había creído posibles, que nunca
había creído desear.

La verdad de todo pendía entre ellos como una nube
y él estaba desesperado por esconderla, por apartarla.
Porque esas dos palabras eran la perdición. Esas dos
palabras podrían socavar todo lo que era, todo aquello
en lo que creía. Esas dos palabras lo destrozarían para
siempre.

Y no podía permitirlo.

Se apartó entonces, pasándose los dedos por el
pelo mientras paseaba inquieto por la habitación.

–Te quiero –dijo Bailey entonces.

Raphael se volvió, mientras esa cosa salvaje que habitaba dentro de él lo destrozaba por dentro.

–¡No! –gritó, sabiendo que eso iba a asustarla. Porque tenía que hacerla ver, tenía que hacerle entender que eso no iba a pasar, que no podía pasar.

–Pero te quiero –repitió ella.

La sencillez de esa afirmación era lo peor. Como si siempre fuera a ser así, como si él no pudiese controlarlo.

–No deberías –le espetó–. Nadie me ha querido nunca. ¿Por qué ibas a quererme tú? ¿Por qué te resulta tan fácil?

–Todo un país te quiere.

–Por el puesto que ocupo, no por quién soy –respondió Raphael. Esas palabras cayeron sobre el pozo que él mantenía tapado. Ese pozo sin fondo que contenía la oscura verdad sobre sí mismo.

Y no quería abrirlo nunca. No quería reconocer la verdad.

–Te quiero –repitió Bailey, desafiando sus órdenes como hacía siempre.

¿Cómo la había hecho suya? ¿Cómo había decidido que podía amarlo? Con una vida tan sombría y difícil como la suya, ¿cómo había llegado a la conclusión de que el amor era lo más importante?

Le hubiera gustado preguntárselo, pero no era capaz de articular palabra. Además, no tenía sentido. Nada de aquello tenía sentido. Todo había sido una ficción desde el principio, un sueño.

Bailey hablaba mucho de sueños. Él había vivido una existencia cuidadosamente construida para que pareciese un sueño, una existencia que evitaba que tuviese cualquier aspiración que no fuera cumplir con su deber.

No sabía lo que era soñar o desear algo que no podía tener. No lo sabía en absoluto.

Ella era su primer sueño, lo había sido desde el momento en que entró en aquel restaurante; su primera incursión en algo que iba más allá del deseo.

Pero no iba a pensar en ello. No iba a permitirse tales cosas. No era negociable.

Bailey era aquello contra lo que su padre le había prevenido: una distracción, una debilidad fatal, alguien que se metía bajo su piel y debilitaba sus convicciones.

Se volvería más importante que Santa Firenze y no podía permitirlo.

–Yo no te quiero –le dijo con voz ronca–. Nunca te querré.

Luego se dio la vuelta y salió de la habitación, dejando atrás una pieza de sí mismo que no sabía que existiera. Dejando atrás la parte más esencial, más vital de su corazón.

Pero era lo mejor y lo único que podía hacer. La otra opción haría que su mundo se desmoronase y no podía permitirlo cuando tantas cosas dependían de que fuese firme.

La puerta de la habitación se abrió tras él y Raphael se volvió. Bailey estaba allí, mirándolo con sus brillantes ojos azules.

–No sé cuál crees que será mi respuesta. Si crees que te diré que todo está bien, que seguiré con esta farsa de relación solo porque tú estás dispuesto a hacerlo y tu palabra es la ley. Pero no me importa tu orgullo, Raphael. Si eso es lo que nos separa, entonces es lo que tiene que desaparecer. Si no es así, no puedo quedarme.

—Tienes que hacerlo.

—Llamaré a la embajada de Estados Unidos y les diré que me tienes cautiva.

—¿Después de aparecer juntos en París? ¿Después de nuestra boda? Todo el mundo sabe que estás embarazada, Bailey. ¿De verdad crees que eso serviría de algo?

—Lo haré porque no hay alternativa —respondió ella—. Porque por fin has matado todas mis esperanzas. Te ganaste mi confianza de nuevo, pero has vuelto a destruirla y no voy a darte otra oportunidad. Si quieres involucrarte en la vida de nuestro hijo, puedes hacerlo. Pero, si es así, tendrás que ir a visitarlo a Colorado porque es allí donde vamos a vivir. Ese es mi mundo y, aunque tú no entiendas por qué me importa, esa es la vida que quiero. No es pequeña ni insignificante y tampoco lo soy yo.

Bailey tomó aire antes de seguir:

—No fui nunca solo una camarera, soy Bailey Harper y eso es lo que importa. Me he levantado sola, sin ayuda de nadie, y no voy a dejar que tú desprecies todo ese esfuerzo. Seré una buena madre para mi hijo y en mi casa habrá mucho amor. Si tus deberes te permiten ir al otro lado del mundo a visitarlo, de acuerdo. Aunque dudo que algo te apremie a hacer ese esfuerzo.

—No puedes hacer eso —replicó Raphael, atónito—. Mi hijo es el heredero del trono de Santa Firenze. Debe ser criado aquí, debe conocer su herencia y sus obligaciones.

—Una herencia de hielo, tan fría que lo destruiría en cuanto la tocase. No, esa no es la vida que quiero para mi hijo, para nuestro hijo. Y algún día espero que lo entiendas. Tu hijo será un hombre más compasivo, más cariñoso y mejor gobernante de lo que tú podrás serlo nunca. Y algún día será el marido que tú temes ser.

—¿Es un niño?

—Me lo ha confirmado el ginecólogo esta mañana. Iba a decírtelo, pero...

—¿Me dices que esperas un hijo y que vas a apartarlo de mí?

—Eres tú quien lo aparta de ti, Raphael. Esa es la verdad, pero no quieres entenderlo.

—Lo entiendo muy bien —dijo él.

Pero no era verdad. No entendía qué le estaba pasando, por qué se sentía tan desgarrado, tan destruido.

—Te gusta la idea de tener una esposa y un hijo al que educar y moldear a tu imagen y semejanza, pero siempre nos mantendrías a distancia y yo no voy a dejar que eso pase. Debes tirar el muro que hay dentro de ti, ese que evita que te rebajes para aceptar mi amor.

—No tiene nada que ver con rebajarse.

—Tal vez, pero no eres capaz de hacerlo. Eres demasiado orgulloso.

Raphael sacudió la cabeza en un gesto desesperado.

—¿Cuáles son tus exigencias?

—Mi pasaporte y un avión para volver a casa. No montaré ningún escándalo, no te preocupes. Sé que tu orgullo es lo único que valoras de verdad.

Raphael se quedó mirándola, atónito y herido. Sabía que solo había una cosa que pudiese hacer y no era por salvaguardar su orgullo, sino porque al fin entendía lo que Bailey había estado diciendo desde el principio. Lo que le había hecho era un insulto. La había manipulado y ni siquiera se había molestado en examinar sus actos porque de hacerlo tendría que enfrentarse con la incómoda verdad sobre su vida y sobre sí mismo con la que nunca había querido enfrentarse.

—Pediré que preparen el avión. Te irás mañana a primera hora.

Luego se dio la vuelta y salió de la habitación. Porque, maldita fuera, no quería verla marchar.

Capítulo 14

RAPHAEL se preguntó cómo un palacio con tanta gente podía parecer tan vacío, pero así era. Sin Bailey, estaba vacío, desolado.

Y él también.

Paseó por los interminables pasillos que había recorrido orgullosamente, esperando que Bailey se mostrase agradecida porque estaba en un palacio y ella jamás podría haber aspirado a tener algo así.

Bailey había trabajado toda su vida para pagarse una educación, para pagar el apartamento que él había despreciado. Él no había tenido que esforzarse por nada y, sin embargo, hablaba de su vida como si fuera un gran logro.

«Dio».

Era tan arrogante y tan ciego como Bailey lo había acusado de ser.

Pero era lo único que tenía, lo único que se interponía entre él y el pozo vacío que intentaba desesperadamente ocultar.

Pero el pozo se había abierto y era terriblemente consciente de lo vacía que era toda su existencia, haciendo que se cuestionase lo que le habían enseñado sus padres. Por primera vez, cuestionó a su padre, algo que nunca había querido hacer. Había querido preservar la imagen del hombre que había gobernado el país sin flaquear jamás, el líder que Raphael aspiraba a ser.

Pero había sido un padre terrible y un marido aún peor.

Raphael apretó los dientes, inclinando la cabeza y apoyándose en la pared. Los empleados seguían pasando a su lado, sin hablarle, sin detenerse. ¿Por qué iban a hacerlo? Ese era el ambiente que él había mantenido tras la muerte de su padre.

Sin contacto, nada que interrumpiese la vida normal del palacio. Deferencia en lugar de calor humano.

Estaba rompiéndose por dentro y no había nadie con quien hablar. Nadie que se detuviera para preguntarle qué le pasaba.

Cualquiera de los agentes del Servicio Secreto recibiría una bala por él, pero jamás le dirigían la palabra. Porque eso era lo que su padre le había enseñado, lo que le habían inculcado desde la infancia. Y él nunca lo había cuestionado.

No cuestionó a su padre aquella noche, cuando gritaba a su madre por no acudir a un evento porque Raphael estaba enfermo.

—Te necesitaba allí esta noche y no estabas. ¡Estaba desconcentrado por tu culpa!

—Tu hijo está enfermo —había respondido ella—. Tenía que estar con él.

—Tenemos empleados para eso y al niño no le falta de nada. En cambio, yo parecía débil frente a los embajadores. Todas las esposas estaban allí, todas menos tú. Tú sabías cómo iba a ser este matrimonio y que debes apoyar a Santa Firenze por encima de todo lo demás. Cualquier otra cosa es una distracción.

Al día siguiente, su padre le había regalado un nuevo juguete; el único contacto con él durante su enfermedad. Y después de eso, por orden de su padre, su madre había sido más distante que nunca porque el heredero no podía ser dependiente.

Y él había hecho lo posible para no ser una distracción. Ese día había decidido ser la clase de hombre que era su padre, un líder tan brillante que había hecho tanto por el país.

Raphael se vio forzado a recordar el día que murió su madre. Su padre, estoico frente a la tumba de su difunta esposa, y él, con quince años, tan sereno como él, sin mostrar sus sentimientos porque solo debía tener sentimientos hacia su país.

—El dolor es una distracción, Raphael —le había dicho—. Una debilidad que no podemos permitirnos. No debes amar nada más que a tu país.

—¿Tú no lo has hecho? —le preguntó.

—No, y me alegro porque la nación no se detendrá por la muerte de tu madre y yo tampoco puedo hacerlo.

«Y tampoco puedes hacerlo tú».

No lo había dicho en voz alta, pero ese había sido el trasfondo de la conversación: que el dolor no podía afectar a hombres como ellos porque una vida dictada por las emociones era terreno inestable. Y Raphael lo había entendido.

Y, sin embargo, en ese momento entendía que aunque su padre hubiera tenido razón también estaba equivocado.

Esa frialdad, ese vacío, rompería a cualquier hombre al final. Al menos, lo rompería a él. Estaba roto en ese momento. Sin Bailey, que había sido la mayor distracción del mundo desde el día que la conoció, estaba roto. Bailey, la primera chispa de lo inesperado en una vida entera de forzada certidumbre.

El deber sin amor era vacío. La vida sin amor era vacía. Entendía eso en aquel momento.

Había un precio para todo, Bailey tenía razón. Si no costaba nada, no significaba nada. Si te escondías tras muros de control y mantenías a tu mujer y tus hijos a distancia, aplacándolos con regalos... no había amor en absoluto.

No protegía a tu país, solo te protegía a ti.

Levantar un muro para controlar los elementos podía protegerte, pero una vida entera sin sol podía dejarte helado. Y él había permitido que lo convirtiese en una estatua mucho antes de ganarse su sitio.

Su padre no había amado a su país más que a nada, sino a sí mismo.

Hubiera dado cualquier cosa por un abrazo durante el funeral de su madre, pero su padre no podía doblegarse de ese modo. No por Santa Firenze, sino por orgullo.

Entonces le había parecido una muestra de carácter, pero en ese momento podía ver que el verdadero carácter hubiera sido mostrar debilidad por un hijo que lloraba la muerte de su madre, por una nación que lloraba la muerte de su princesa.

Raphael había recibido un deportivo al día siguiente, pero un momento de dolor compartido hubiera sido mucho más valioso para él.

Los regalos nunca le habían interesado, pero había querido darles importancia para creer a su padre. Para creer que lo quería.

«Has sido querido. Bailey Harper te ha querido desde el primer día y, como tu padre, tú la has apartado».

Raphael se llevó una mano al pecho, intentando controlar el dolor que le encogía el corazón.

Había rechazado el mejor regalo que había recibido nunca porque el precio era demasiado alto.

¿De qué servía la riqueza si no podías permitirte el lujo de amar?

Esa era la cuestión. No se podía comprar el amor. Había que pagarlo con amor, con humildad y sacrificio. Con angustia. Con tu propia alma.

Raphael miró el lujoso, pero solitario palacio en el que había crecido y supo que no tenía alternativa.

El sueño había terminado.

Eso era lo que Bailey pensaba mientras el avión aterrizaba en Colorado. Era lo que pensaba mientras subía al coche que la esperaba en el aeropuerto para llevarla a una zona de la ciudad que no conocía.

—Esta no es mi dirección —dijo cuando el chófer se detuvo frente a una casa con jardín que no había visto en su vida.

—Aquí están las llaves —replicó el hombre—. Me han dicho que la trajese aquí, Alteza. El príncipe dijo que dentro habría una explicación.

Con el corazón acelerado, Bailey tomó las llaves y subió los escalones del porche. Abrió la puerta y tomó aire antes de entrar... pero una vez dentro tuvo que tomar aire de nuevo. Era modesta, pero preciosa. Nada que ver con el palacio, pero exactamente la casa con la que había soñado desde que era niña.

Sobre la encimera de la cocina había un sobre con su nombre escrito en él. Bailey lo abrió y sacó una nota del interior.

Sé que no querrás aceptar este regalo. Sé que te sentirás ofendida, pero, por favor, considéralo parte de la manutención del niño. Al fin y al cabo soy un príncipe y sabes que puedo permitírmelo. Este es el sueño del que me has hablado más de una vez: una casita en un vecindario agradable. Quería darte eso, Bailey. Quería darle eso a nuestro hijo.

La nota no estaba firmada, pero no hacía falta.

Miró a su alrededor con el corazón roto, sintiéndose perdida y sola. Aquel había sido su sueño: una casita, seguridad económica. Pero ya no le parecía suficiente y no porque hubiera pasado un mes siendo una princesa y viviendo en un palacio. No, se sentía sola porque había pasado el último mes compartiendo cama con Raphael y no había sitio para él en aquella casita, en su humilde vida.

Bailey se preguntó, no por primera vez, si debería haber aceptado lo que le ofrecía. Si hacía bien al pedirle más de lo que él podía dar.

Pero apartó de sí ese pensamiento inmediatamente. No podía hacer otra cosa. Había hecho lo que debía, lo que le pedía el corazón. Por ella y por su hijo.

Era demasiado tarde para cuestionar sus decisiones, pero aquel gesto, regalarle una casita y no una mansión gigantesca, era la primera señal de que Raphael la había escuchado, de que veía valor y belleza en su sueño.

Era un poco tarde, pero lo aceptaría. Tal vez empezaba a entenderla un poco, tal vez aún había esperanza.

«O eso es lo que quieres pensar porque te has pasado el viaje llorando, sintiendo como si te hubieran clavado un puñal en el corazón».

Sí, así era, no podía negarlo. Sentía como si Raphael le hubiese clavado un puñal en el corazón.

Los días se difuminaban unos con otros. Bailey iba a clase y después volvía a casa. No estaba trabajando porque Raphael pagaba todas las facturas y había abierto una cuenta a su nombre. Tal vez era un error, pero era el padre de su hijo y, por el momento, su marido. No iban a divorciarse oficialmente hasta que naciese el niño y no veía ninguna razón para discutir con ayudantes y secretarios, que eran los que se encargaban de todo. Además, no tenía energías para hacerlo. Estaba embarazada de casi seis meses y no era capaz de reunir energías para hacer casi nada. Aunque, más que su embarazo, el culpable era su corazón roto.

Suspiró pesadamente mientras se dejaba caer en el sofá, pensando que aquel sitio empezaba a parecer un hogar. Tal vez era una traición, ya que se trataba de un regalo de Raphael, pero llegar a casa era uno de los momentos más agradables del día. Aquel regalo, que sería extravagante para la mayoría de la gente, al menos mostraba su disposición a escucharla.

Entonces oyó pasos y se levantó de golpe, con el corazón acelerado. Y cuando vio a Raphael frente a la puerta del dormitorio pensó que estaba alucinando. Llevaba un traje de chaqueta, como era habitual en él, y su expresión resultaba tan encantadora y arrogante como siempre.

Era un *déjà vu*, como la noche que lo encontró en su apartamento, cuando volvió a buscarla. Pensaba que estaba soñando, como le había ocurrido entonces, y tuvo que pellizcarse para convencerse de que estaba despierta.

–¿Qué haces?

–Comprobar que no estoy soñando.

–No estás soñando –dijo él, dando un paso adelante. Fue entonces cuando notó que tenía ojeras y las pequeñas arrugas de alrededor de la boca más pronunciadas de lo habitual. Fue entonces cuando notó que parecía agotado y estaba despeinado, como si se hubiera pasado las manos por el pelo repetidas veces. Fue entonces cuando se dio cuenta de que estaba tan afectado como ella.

–¿Qué haces aquí? No sabía que parte del trato fuese venir a mi casa cuando te diese la gana.

–Esa nunca ha sido mi intención –respondió él, con voz ronca–. Mi intención era dejarte en paz como tú me pediste, dejarte ir. Pero llevo dos semanas viviendo en agonía y necesitaba verte.

–¿Para volver a pelearnos por lo mismo? ¿Para volver a gritarnos y decir cosas hirientes?

–No es eso lo que quiero, todo lo contrario.

–¿Por qué estás aquí?

De repente, Raphael cayó de rodillas, mirándola con ojos torturados.

–He venido a inclinarme ante ti.

–¿Qué? –el corazón de Bailey latía como loco y le temblaban las manos. No podía entender que aquel hombre arrogante y orgulloso estuviese de rodillas ante ella como si fuera un sirviente.

–Me han hecho reverencias desde el día que nací, no porque a nadie le importase especialmente, no por su devoción hacia mí, sino por quién era, por mi título, por mi linaje. Me lo dieron todo desde que llegué al mundo porque era un De Santis y nunca me he rebajado ante otro ser humano, pero me arrastraría sobre cristales rotos si de ese modo pudiese recuperarte,

Bailey. Pasaría el resto de mi vida de rodillas si así te tuviese otra vez.

Ella se llevó las manos a las sienes, incapaz de creer lo que estaba pasando.

–No tienes que hacer esto. No es lo que yo quiero.

–Pero es lo que debe pasar. He sido inflexible, pero temía que si me doblaba me rompería del todo. Y cuando te fuiste eso fue lo que pasó, me partí en dos. He pasado estas últimas dos semanas intentando averiguar qué podía hacer con las piezas de mí que tú dejaste atrás, qué significaba todo esto, por qué tu declaración me ofendía tanto, por qué no podía decirte: «Te quiero». Por qué nunca... nadie me había dicho esas palabras. Por qué no las había pronunciado yo.

–Raphael...

Bailey entendió entonces que tampoco él se había sentido nunca elegido, que su destino había quedado sellado tras su nacimiento, pero nadie lo había elegido a él personalmente. Ella provenía de la nada y él de una familia real con siglos de historia, pero compartían el mismo dolor. El de ella oculto tras un muro de orgullo y determinación, el de él tras un muro de arrogancia y el aislamiento que le otorgaba su puesto.

Pero era el mismo dolor.

–Mi padre –empezó a decir él con la voz quebrada –me decía que un gobernante nunca debía amar nada más que a su país. Día tras día me inculcó eso. Me lo decía cada vez que tenía un momento libre para dedicarme un par de frases. Me lo decía cada vez que mi madre y él tenían que salir de viaje el día de mi cumpleaños, o en Navidad, cada vez que tenía que cenar solo. En lugar de la presencia de mis padres tenía regalos, todos los que un niño podía desear.

–Los regalos significan mucho para ti –murmuró ella, sintiéndose como una tonta por no haberlo entendido antes–. Raphael, lo siento. No lo sabía.

–No, claro que no, pero verás... tenían que significar algo para mí porque era lo único que tenía. Eso y el mandato de ser fuerte. Mi padre decía que no podía permitir que el amor o el dolor me distrajeran. Incluso en el funeral de mi madre.

–¿Cuántos años tenías entonces?

–Quince.

–¿Y no te consoló, no te abrazó?

–Me compró un coche.

–¿Para reemplazar a tu madre?

Raphael negó con la cabeza.

–Creo que lo hizo porque era lo único que podía darme. Pero yo aprendí a darle importancia a esas cosas y, sobre todo, a mi título. Y cuando murió... me dije a mí mismo que lo único que importaba era gobernar mi país para que él se sintiera orgulloso. Me hice invulnerable para ser el líder que debía ser, pero todo lo que tú decías socavaba mis creencias. Si de verdad los regalos son gestos vacíos, si las cosas no compensan el contacto humano, si la arrogancia y la seguridad no valen lo mismo que la emoción, entonces soy una persona vacía que no conoce ni ha conocido nunca el calor humano –Raphael hizo una pausa–. Mi padre nunca dijo que me quería, pero yo quise creer que sus regalos eran palabras de cariño. Inventé sentimientos que no existían y tú desafiabas todo eso desde el momento en que entraste en mi vida.

Bailey tragó saliva.

–Estoy segura de que tu padre te quiso, a su manera –murmuró. No estaba segura porque tampoco lo estaba de que su propia madre la hubiese querido, pero tenía que decirlo.

Raphael sacudió la cabeza mientras se incorporaba lentamente.

–No, creo que no, pero ya no importa. Me enfadaba tanto contigo porque, si lo que decías era cierto, entonces toda mi vida era más vacía de lo que yo me había imaginado. Si lo que decías era cierto, entonces nadie me había querido nunca.

–Te quiere un país entero.

–Por mi linaje, por mi título. Y tal vez por la idea que tienen de mí, pero nadie que me haya conocido me ha querido nunca. Y nadie me ha dicho «Te quiero» antes que tú. No era consciente de eso hasta que tú me lo hiciste ver, pero exigías algo de mí que yo no quería darte.

–¿Qué es? –preguntó ella, con la voz quebrada.

–Humildad –reconoció Raphael–. Caer de rodillas y confesarte que necesito escuchar esas palabras, que las he echado de menos durante toda mi vida. Necesito el contacto que siempre se me ha negado, necesito amor... jamás pensé que diría esto. Jamás pensé que la arrogancia a la que me aferraba me lo permitiría.

–Te quiero –lo interrumpió ella, abrazándolo–. Pero, además, te elegí yo como tú me elegiste a mí.

Un sollozo ronco escapó de la garganta de Raphael.

–Te quiero –susurró, probando esas palabras nuevas y poco familiares para él.

Bailey lo apretó con todas sus fuerzas. No quería dejarlo ir y no porque temiese que desapareciera, sino porque habían pasado demasiado tiempo sin abrazarse.

–Es un honor para mí ser la primera persona que ha escuchado esas palabras –susurró.

–Y no será la única ocasión. Te las diré a menudo, cada día. Y a nuestro hijo también. No voy a negarle nada a mi hijo ahora que sé que eso es lo único que importa. Tenías razón, todo en mi vida ha sido vanidad, pero esto es real, es profundo, algo que nadie podrá quitarme nunca y te lo agradezco tanto... porque me has dado lo único que no podía comprar, lo único que no podía forzar a nadie a darme por mi título. Creo que eso me aterrorizaba. Sabía que no podía adquirirlo, que tendrías que dármelo por voluntad propia, por eso me enfadaba tanto cada vez que me pedías que fuese auténtico, que te diese algo más que gestos vacíos. Me pedías cosas reales, profundas, y sabía que para conseguir eso tendría que deshacerme de este caparazón que llevo desde siempre...

–Sé que duele –lo interrumpió ella–. Y sé que no es fácil.

–No sabía cómo soñar –dijo Raphael con voz entrecortada–. Me lo dieron todo y me dijeron que tenía el mundo a mis pies. ¿Cómo no iba a estar de acuerdo?

A Bailey se le encogió el corazón cuando vio sus ojos dolidos, atormentados. La arrogancia había desaparecido y sentía el deseo de apartar la mirada para no avergonzarlo, para no verlo así, más crudo e incierto que nunca en toda su vida.

Sin protección, no solo del mundo, sino de la verdad que se escondía dentro de él: el miedo a querer algo que nunca pudiera tener, algo que no pudieran darle sus derechos de nacimiento.

–Pensé que no necesitaba nada, pero resulta que soy una criatura hecha de deseos y necesidades, que me he pasado la vida ocultando mis deficiencias con un montón de cosas. Me decía a mí mismo que las deferencias lograrían llenar mi corazón... –Raphael le pasó un dedo por la mejilla–. No necesitaba nada y no soñaba con nada hasta que te conocí a ti –cerró los ojos un momento y cuando volvió a abrirlos estaban nublados–. Me dolía que pudieras mostrarme algo de mí que ni yo mismo conocía.

–Una pobre camarera –dijo ella.

–No vuelvas a decir eso. Tú has hecho que un príncipe se incline ante ti. No eres pobre en ningún aspecto.

Bailey sonrió.

–¿Qué ha sido de tu arrogancia?

–Sigo siendo el mismo.

–Sí –asintió ella–. Y eso es bueno porque es a ti a quien amo.

Y entonces Raphael hizo algo increíble: clavó una rodilla en el suelo ante ella.

–Quiero que seas mi mujer.

–Ya lo soy –murmuró Bailey, con la garganta cerrada por la emoción.

–Pero esta vez no te exijo nada, esta vez te lo estoy pidiendo con la comprensión de que no soy un gran regalo, ni mi título, ni mi palacio. Tú eres el regalo, Bailey. Tú me has cambiado, has cambiado mi mundo.

–Después de romperlo –dijo ella.

–Iba a romperse de todos modos. Tú has descubierto el vacío que había dentro de mí, pero no lo has creado. Y tú eres la única persona que puede llenarlo porque tú eres mi único sueño.

Una lágrima rodó por la mejilla de Bailey mientras se arrodillaba para tomar su cara entre las manos, con el corazón tan rebosante de amor que pensó que le iba a explotar.

–Nunca pensé que una chica como yo podría tener

un cuento de hadas. Pero aquí estás, mi príncipe azul. ¿Y sabes qué es lo mejor?

–¿Qué? –preguntó él con voz ronca.

Bailey apretó los labios mientras dejaba que las lágrimas rodaran por su rostro.

–Que vamos a vivir felices para siempre.

Epílogo

SANTA Firenze celebró el día que el príncipe y la princesa tuvieron a su primer hijo. Raphael sentía que le atribuían demasiado mérito y él era el primero en decírselo a todo el mundo, pero nadie comentó nada sobre tan repentina muestra de humildad... porque no era tan profunda. Al fin y al cabo, seguía siendo el príncipe Raphael de Santis, gobernante de Santa Firenze.

Cuando Bailey y él llevaron a su hijo a casa, Raphael no permitió que los residentes en palacio le hiciesen reverencias como le habían hecho a él de niño. Hicieron una fiesta para celebrar la llegada al mundo del nuevo heredero, con tartas de todas las variedades que Bailey había aprobado, por supuesto.

Hubo música, risas y una felicidad que tal vez no convenía a un hombre al que algún día erigirían una estatua, pero le daba igual. El amor era más importante que la tradición.

Raphael permitió que los empleados más antiguos abrazasen al pequeño príncipe, que lo besaran en la frente y le mostrasen un afecto que él jamás había podido recibir. Y eso le hizo pensar que tal vez podría ser un buen padre, que tal vez podría cuidar de su hijo como debía hacerlo.

Mucho después, en el dormitorio, cuando Bailey amamantaba a su hijo, Raphael se quedó sorprendido por una repentina oleada de emoción tan intensa, tan profunda, que lo hizo caer al suelo.

Y así fue como el príncipe que había sido reverenciado desde el día de su nacimiento, y durante toda su vida, cayó de rodillas ante una camarera.

Doblegado por amor.

* * *

Podrás conocer la historia de Renzo Valenti y Esther Abbott en el tercer libro de la serie *Padres antes de la boda* del próximo mes titulado:
SEDUCIDA POR EL ITALIANO

Bianca

En la cama para placer del príncipe...
casada por mandato real

Cuando Holly, una inocente camarera, cae en los brazos de Casper, el príncipe responde a su fama de mujeriego acostándose con ella... y echándola luego de su lado. Holly está embarazada. Casper está furioso. Aunque no es más que una buscavidas, el protocolo real exige que la convierta en su esposa.

La inocente Holly ha conseguido la boda de sus sueños; solo Casper sabe que la primera obligación de su esposa de conveniencia tendrá lugar durante la noche de bodas...

EL PRÍNCIPE Y LA CAMARERA

SARAH MORGAN